W0185202

LEBKUCHEN, LIEBE UND SONSTIGES CHAOS

Impressum

1. Auflage, Dezember 2022
© Michelle Schrenk, Vogelbeerweg 16, 90584 Allersberg
michelleschrenk@googlemail.com

Alle Rechte einschließlich aller Inhalte sind urheberrechtlich geschützt.
Alle Rechte vorbehalten.

Lektorat & Redaktion:
Susanne Jauss, jauss-lektorat.de

Covergestaltung:
Michelle Schrenk, @canva, www.canva.com

Porträt Michelle Schrenk:
Nathalie Majewski, namama-fotografie.com

Sternmotive im Innenteil:
Schriftart *Freaking Stars* von Spork Thug Typography

Die Handlungen und Figuren in diesem Roman sind frei erfunden. Ähnlichkeiten oder Namensgleichheiten mit lebenden oder bereits verstorbenen Personen sind rein zufällig und nicht beabsichtigt.

MICHELLE SCHRENK

Lebkuchen, Liebe und sonstiges Chaos

Über die Autorin

Hinter der Autorin Michelle Schrenk steckt eine 1983 geborene Wassermannfrau, die es liebt zu träumen und es hasst, Zwiebeln zu schneiden. Schon immer widmete sie sich dem Erfinden von Geschichten und begann bereits im Grundschulalter damit, sie aufzuschreiben. Mit ihren gefühlvollen Liebesromanen, dem Mutmachbuch »Die Suche nach dem verlorenen Stern« sowie drei Kinderbüchern hat sie sich nun ihren Traum vom Schreiben erfüllt.
Nahezu jeder ihrer Titel war in den Amazon Top 100 vertreten, ihr herzerwärmender Roman »Kein Himmel ohne Sterne« sogar zehn Monate lang ohne Unterbrechung. Ihr Roman »Irgendwo hinter den Wolken« war Finalist des Kindle Storyteller Awards 2019. Sie ist überzeugt, dass es viele Wege zum Glück gibt, und hofft, ihren Lesern mit ihren Büchern ein wenig davon zu schenken.

Mehr über Michelle und ihre Bücher gibt's im Internet auf michelleschrenk.de sowie auf Facebook und Instagram:
www.facebook.com/MichelleSchrenkAutorin
www.instagram.com/michelle_schrenk_autorin

Für alle,
die von Zuckerguss
nicht genug bekommen können.

Leise pieselt das Reh

»Leise pieselt das Reh einfach so in den Schnee. Weihnachtlich duftet der Wald, wenn dein Ex-Freund ein Engelchen knallt …«

Ich weiß, der Text, den ich da lautstark von mir gebe, ist nicht der, den man bei diesem weihnachtlichen Lied eigentlich erwartet. Dennoch fühle ich mich gut dabei, sehr gut sogar. Warum? Weil mir gerade alles total egal ist.

Ja, es gibt einfach solche Tage, an denen man diese Schnapsideen hat. Und bei mir ist dieser Tag heute – weil ich in der Tat etwas viel Schnaps getrunken habe. Auf der Weihnachtsfeier meines Brötchengebers. Zurzeit arbeite ich in einem Callcenter, wo ich eine Beschwerdehotline zu betreuen habe. Zugegeben, die Arbeit macht nicht sonderlich viel Spaß, vor allem deshalb, weil mein Anspruch immer war, die Menschen glücklich zu machen, was bei dieser Tätigkeit nicht so wirklich klappt. Natürlich nicht, bei mir rufen ja ausschließlich Menschen an, die sich über irgendwas beschweren wollen. Und in diesem Augenblick würde ich gern selbst eine Beschwerde an das Leben schicken.

Nachdem unser Chef Herr Lallinger den offiziellen Teil der Feier für beendet erklärt hatte, beschlossen ein paar Kollegen und ich, noch feuchtfröhlich zusammen durch die Stadt zu ziehen. Wobei ich gerade von uns allen diejenige bin, die am meisten eskaliert, um es mal so zu nennen. Und das liegt eindeutig nicht nur am Schnaps, sondern auch an der Nachricht, die ich heute Vormittag bekommen habe. Eigentlich hatte ich keine große Lust, hierherzukommen, doch wenn in Nürnberg der Christkindlesmarkt eröffnet wird, ist so gut wie jeder am Hauptmarkt unterwegs, um die verschiedenen Buden und Getränkestationen, die mit Glühwein oder Punsch locken, unsicher zu machen.

Und so sind meine Kollegen und ich zwangsläufig auch hier gelandet - ausgerechnet in dem Moment, als mein Ex-Freund Freddy mit seinem Chor vor der Frauenkirche *Leise rieselt der Schnee* singt. Freddy heißt eigentlich Frederik, aber weil er sich für den geborenen Sänger hält, möchte er Freddy genannt werden - in Anlehnung an Freddy Quinn, den singenden Seemann. Ein total blöder Vergleich, ich weiß, doch zu einem blöden Kerl wie meinem Ex-Freund passt nun mal ein ebensolcher Vergleich.

Bevor er mich heute Vormittag mit dieser WhatsApp-Nachricht endgültig abservierte, hatte ich im Stillen schon noch gehofft, dass wir beide wieder zueinanderfinden, irgendwie. Freddy war ja wegen dieses Auftritts supernervös und durch die vielen Proben echt im Stress gewesen, und so dachte ich, dass sich vielleicht doch noch etwas ändert, dass ein Wunder wahr wird, wenn ich ihm bei seinem Auftritt heute Abend zusehe. Aber jetzt muss ich feststellen, dass er sich hinter meinem Rücken wohl bereits eines der Engelchen aus dem Chor geschnappt hat. Zumindest turteln die beiden ziemlich auffällig miteinander.

Doch was der kann, kann ich schon lange. Also gebe ich voller Inbrunst, so laut ich kann, den besagten Liedtext von mir. Gerade ist mir völlig gleichgültig, was die anderen von mir denken. Das ist sowieso meistens der Fall, was wahrscheinlich daran liegt, dass ich in einer ziemlich verrückten Familie aufgewachsen bin, allen voran meine Oma Gerdi, die man gut und gern als die Verrückteste von uns allen bezeichnen kann. Sie hat sich noch nie etwas daraus gemacht, was die anderen über sie denken. Und irgendwie habe ich schon vieles von ihr mitbekommen, nicht nur charakterlich, sondern auch, was das Aussehen anbelangt. Die braunen Rehaugen zum Beispiel, die Stupsnase und die dunklen Haare – auch wenn ihre mittlerweile nicht mehr so dunkel sind wie meine, sondern grau.

»Entschuldigen Sie mal, halten Sie das wirklich für angebracht?«, schimpft hinter mir ein Herr mit Hut.

Meint er mich?

Bevor ich mich zu ihm umdrehen und etwas entgegnen kann, mischt sich Herr Lallinger ein: »Frau Sternhagel, Sie sollten Ihrem Namen nicht noch mehr Ehre bereiten, ja? Es wäre wirklich besser, wenn Sie jetzt nach Hause gehen.«

Ich kneife die Augen leicht zusammen und mustere ihn. Warum ist er eigentlich mit hierhergekommen? Die Weihnachtsfeier war doch schon vorbei, und was wir Kollegen danach in unserer Freizeit machen, geht ihn im Prinzip nichts an, oder? Aber er muss ja überall seine Nase reinstecken, dieser engstirnige Kontrollfreak. Ich glaube, er würde uns am liebsten auch noch auf ein gewisses Örtchen begleiten, um zu sehen, was wir da treiben, damit er uns gleich wieder wegen irgendeines Vergehens zurechtweisen kann.

»Mir geht es gut, ich singe doch nur, also wirklich«, sage ich mit etwas schwerer Zunge, ehe ich mich dem Mann hinter mir zuwende. »Und Sie, haben Sie was gegen meinen Gesang?«

»Allerdings haben wir das«, antwortet eine ältere Dame an seiner Stelle, wohl seine Frau. »Mein Mann und ich finden das höchst unangebracht, absolut unethisch. Hier sind Kinder anwesend, und Sie verschandeln dieses wunderschöne Kinderlied.«

Ich sehe mich um. Tatsächlich stehen ein paar Kinder um uns herum, die bei meinem Gesang zu kichern begonnen haben. So schlimm kann es also nicht gewesen sein. Und apropos Kinder und unethisch: Hallo, was ist dann mit Liedern wie *Meine Oma fährt im Hühnerstall Motorrad* oder *Advent, Advent der Weihnachtsbaum brennt*? Also bitte.

»Findet ihr meinen Gesang etwa grausam, Kinder?«, rufe ich ihnen zu. »Oder wollt ihr nicht eher wissen, wie es mit dem pieselnden Reh weitergeht?«

Während die Kinder erneut kichern, wendet sich die Frau ab und flüstert einer anderen Frau etwas zu. Und auch meine übrigen Kollegen wirken nun ein wenig pikiert. Nur ein Kerl in einer dunklen Winterjacke dreht sich zu mir herum und lächelt mir zu. Ihm scheint mein Gesang wohl gefallen zu haben. Auf den ersten Blick sieht er wirklich nett aus.

Gerade will ich wieder ansetzen, da fange ich abermals einen vorwurfsvollen Blick von Herrn Lallinger auf. Ohne dass ich es will, senke ich den Kopf, und meine Augen wandern nach unten zu seiner Hand, die mit einem Mal verdächtig nah am Hintern seiner Sekretärin liegt.

Also echt jetzt. Wahrscheinlich hat sie deswegen einen Weihnachtsstern im Topf als Wichtelgeschenk bekommen, ich hingegen nur einen Edding. Pfff!

Ehe ich weiter darüber nachdenken kann, werde ich von der Seite angestupst. Ich reiße meinen Blick von der Hand meines Chefs los und sehe mich um. Meine Freundin Theresa steht neben mir, und ich falle ihr erleichtert um den Hals.

»Oh mein Gott! Woher wusstest du denn, dass ich hier bin?«

Sie grinst. »Du hast es mir geschrieben, schon vergessen? Deine dramatische Nachricht von Freddy, dem Betrüger. Und dass du vorhast, hierherzukommen. Da dachte ich mir, ich schaue auch schnell mal vorbei.«

Sie ist so wundervoll.

»Seht mal alle her«, rufe ich, »das ist Theresa, die beste Freundin der ganzen Welt! Im Gegensatz zu diesem bösesten Freund, ähm, Ex-Freund da vorne. Er hat mich betrogen mit dem Engel da.«

Während die Leute um mich herum mir immer noch merkwürdige Blicke zuwerfen, ertönt schon wieder Herrn Lallingers Stimme. »Frau Sternhagel, jetzt reicht es aber wirklich.«

»Sagen Sie das auch mal Ihrer Hand«, entgegne ich. »Ich dachte, Sie sind verheiratet?«

Völlig entgeistert starrt er mich an. Ja, so ist es doch.

Am liebsten würde ich noch mehr sagen, aber Theresa kommt mir zuvor: »Ich bringe sie schon heim, alles gut. Schönen Abend noch.« Sie hakt sich bei mir unter. »Komm, wir sind hier fertig.«

»Warum? Ich bin noch lange nicht fertig!«, protestiere ich, doch sie zieht mich schon aus der Menge weg. Spielverderberin.

Im Hintergrund singt der Chor noch immer, auch als wir ein paar Augenblicke später etwas abseits stehen bleiben. Mit einem Mal beginnt Theresa zu lachen. »Meine liebe Lele, du bist einfach verrückt. Das hast du nicht wirklich gemacht, oder? Gib's zu, du hast ein paar Schnäpse intus.«

»Auch.«

»Dein Chef – ich glaube, das kam nicht so gut an. Meinst du, das gibt Ärger?«

Ich zucke mit den Schultern. »Warum? Es musste einfach raus. Und ansonsten habe ich doch nur gesungen, genau wie der Chor.«

»Klar, genau wie der Chor. Aber mal im Ernst, du schuldest mir jetzt einen riesigen Gefallen. Die ältere

Frau hinter dir war sicherlich kurz davor, die Polizei zu rufen.«

Ich nicke. »Vielleicht war es wirklich gut, dass du gekommen bist. Außerdem trinke ich mit dir viel lieber.«

»Heute solltest du aber nichts mehr trinken.« Dennoch wandert ihr Blick zu einer der Buden.

»Sei kein Spielverderber«, sage ich und stupse sie in die Seite. »Ein Glühwein geht noch, oder? Außerdem will ich noch nicht heim, ich möchte noch was richtig Verrücktes tun. Irgendwie fühlt es sich heute danach an.«

»Noch etwas Verrücktes? An was hast du da gedacht? Das Christkind suchen? Den Hauptmarkt abfackeln?«

»Ach, komm schon, Theresa!«

Sie seufzt, lacht aber dann. »Nun gut, ich weiß nicht, was du vorhast, aber meinetwegen besprechen wir das bei einer Tasse Glühwein.«

Wenig später stehen wir an der Glühweinbude in der Nähe des Schönen Brunnens und stoßen mit unseren Tassen an. Ich nehme einen ersten Schluck, und schon wird mir warm im Bauch. Während der Geschmack des heißen, würzigen Weines auf meiner Zunge schmilzt, lasse ich meinen Blick schweifen. Um uns herum funkeln die Lichter der weihnachtlich geschmückten Stadt, in der sich heute Menschen aus aller Herren Länder tummeln. Irgendwie sehen sie so glücklich aus, aber das ist ja auch kein Wunder angesichts der Magie, die über der Stadt liegt. Nicht weit von uns entfernt küsst sich ein verliebtes Pärchen. Liebe, da ist so viel Liebe. Ich seufze tief. Was ist das heute nur für ein Tag.

Kurz muss ich daran denken, wie es war, wenn ich früher mit meinen Eltern und meiner Oma den Christkindlesmarkt besucht habe. Fasziniert sog ich alles in mich auf: die vielen Lichter, die festlich geschmückten Buden mit den rot-weißen Dächern, das Christkind im goldenen Gewand und die Gesänge. Ein Hauch von Magie lag auch schon damals in der Luft. Ich kann mich noch gut daran erinnern, wie Oma mir immer den Weihnachtsstern am Himmel zeigte. Wir schrieben sogar Wunschzettel und warfen diese gemeinsam in den Himmel. Das sei so Brauch, meinte sie.

Doch bis heute warte ich noch immer auf die Erfüllung meiner Wünsche. Ich habe sicher nicht erwartet, dass ich irgendwann einmal als erwachsene Frau mit einem angebrochenen Herzen hier stehe. Womöglich ist das ja eine Art weihnachtlicher Fluch? Oder aber der Weihnachtsstern ist einfach nur ignorant.

»Was brütest du denn in deinem Kopf wieder aus?«, will Theresa wissen. Sie scheint gemerkt zu haben, dass ich gerade mit meinen Gedanken ein wenig abwesend war.

Soll ich ihr sagen, was mich beschäftigt hat? Dass ich mich unter anderem gefragt habe, warum es bei mir in Sachen Liebe immer so schiefläuft? Ich dachte, ich hätte mit Freddy endlich den Menschen gefunden, der zu mir passt. Und jetzt? Weihnachten – die Zeit der Wünsche, die Zeit der Wunder? Von wegen! Man braucht sich nur etwas vom Weihnachtsstern zu wünschen, und es wird wahr? Irgendwie klappt das bei mir nie.

»Ach, so vieles«, sage ich. »Ich meine, ich verstehe es einfach nicht, dass Freddy so was abzieht. Wie gemein ist das eigentlich?«

Theresa legt ihre Hand auf meine. »Lass einfach alles raus. Du bist wütend, das kann ich gut verstehen. Aber ich bin mir sicher, es ist besser so.«

Ich hebe eine Braue. »Ja? Inwiefern?«

»Na ja, wenn er sich so verhält … Dann lieber jetzt einen harten Schlussstrich, als dass es sich noch länger hingezogen hätte, oder? Er war einfach nicht der Richtige für dich. Und im Herzen weiß man das doch auch.«

Da hat sie natürlich auch wieder recht. »Ja, vielleicht«, antworte ich nachdenklich. »Weißt du, ich dachte wirklich, es gibt dieses Jahr endlich mal ein schönes Weihnachtsfest, eines, bei dem ich nicht allein bin. Ich habe mir immer gewünscht, endlich den Richtigen zu finden. Aber ganz ehrlich, all dieser Kram mit Weihnachten und den Wünschen – total bescheuert. Langsam hasse ich es.« Ich blicke zum Himmel und schüttle den Kopf. »Da, schau ihn dir an, den Stern da oben. Seit ich ein kleines Mädchen war, habe ich ihm meine Wünsche zugeflüstert und ihn sogar mit Wunschzetteln beworfen, weil meine Oma an diesen Brauch glaubte. Sie meinte allen Ernstes, dass der Stern Wünsche wahr macht.

Aber die Magie der Weihnacht – oder wer auch immer das alles organisiert – hat scheinbar nichts für mich und meine Wünsche übrig.«

Theresa schüttelt den Kopf. »Quatsch. Lass dir jetzt nicht diese tolle Zeit verderben. Du magst Weihnachten doch? Vergiss diesen Idioten einfach und stell alles auf Neuanfang. Und ehrlich gesagt bin ich schon froh darüber.«

»Froh? Warum das denn?«

»Sieh es doch mal so: Soll Freddy ruhig mit seinem Chorengelchen rummachen, sein Problem. Wer will schon einen Chorengel, wenn er einen echten Engel wie dich haben kann, mit so einem großen Herzen? Und ein Engel findet schon noch denjenigen, der zu ihm passt. Das pieselnde Reh findet den Hirsch, der Topf den Deckel, was weiß ich. Also Kopf hoch!«

Damit bringt sie mich doch zum Lächeln. »Ja, stimmt, ich bin besser wie diese Tussi.«

»*Als* diese Tussi.«

»Also gut, meinetwegen, korrigiere mich ruhig.«

»Tut mir leid, Berufskrankheit.« Sie grinst, und ich nicke wissend. Theresa ist Lektorin in einem Verlag und weiß daher, wie die Sache mit der Grammatik läuft. Nun hebt sie ihre Glühweintasse, und ich stoße meine leicht dagegen. »Also, auf pieselnde Rehe, Wünsche, die doch wahr werden, und eine tolle Weihnachtszeit. Schade nur, dass wir nicht zusammen feiern können«, meint sie. »Das ist so doof!«

»Das ist es.« Ich hebe den Zeigefinger. »Aber du, meine Liebe, bist ja im Gegensatz zu mir nicht Single, sondern wirst mit deinem Schatzi Höööörbert bei dessen Familie rumhängen. Und dann auch noch so lange. Okay, ich weiß gerade nicht, ob ich dich wirklich beneiden soll.«

Sie schubst mich leicht. »Hey!«

»Sorry, ist aber so. Während ich … keine Ahnung, was ich mache.« Wobei eigentlich klar ist, was ich mache. Mit meiner verrückten Oma feiern. Genau so wird es sein.

»Ach, ihr macht doch immer was, deine Oma und deine Eltern.«

Ich muss kichern. »Mal sehen, was meine Oma diesmal anstellt. Wobei es schon ruhiger werden wird, meine Eltern sind ja diesmal nicht da, sondern verziehen sich ausgerechnet zu Weihnachten auf diese Kreuzfahrt in die Karibik. Wenn alle Stricke reißen, sitze ich eben doch allein herum – vielleicht auch zusammen mit Oma vor dem Fernseher oder in ihrem Seniorenclub. Das ist zwar auch ganz schön entspannend, aber …«

»Hach ja, wenn du es so sagst …«, überlegt Theresa. »Ehrlich gesagt weiß ich gerade nicht, was die bessere Alternative ist. Bei uns ist es immer so traditionell, dass ich dich schon hin und wieder beneide. Und bei Herbert erst, die sind so streng katholisch. Dazu geht das Ganze diesmal gefühlt ewig. Aber gut, ich habe gesagt, dann machen wir eben Urlaub bei seiner Familie.« Sie verdreht ein wenig die Augen und grinst.

»Du magst doch seine Familie und auch das Traditionelle, oder?«

»Natürlich, Familie ist toll. Und wenn es so richtig zelebriert wird, hat das ja auch was. Doch es ist ziemlich anstrengend, vom einen zum anderen zu fahren. Da sehne ich mich schon manchmal danach, es entspannter zu haben, so wie bei euch.«

Ich lache. »Entspannt? Dein Ernst? Meistens läuft bei uns irgendwas schief. Letztes Jahr an Weihnachten zum Beispiel heulten alle nur. Meine Mutter, weil der Braten verbrannt war, mein Vater, weil er plötzlich sentimental wurde, und meine Oma, weil es sie nervte, dass die anderen heulten. Verrückt ist das. Wahrscheinlich fahren meine Eltern deswegen dieses Jahr weg und sind kaum zu erreichen.«

»Aber mal ehrlich, ist diese Zeit nicht immer verrückt? Da drehen doch gefühlt alle irgendwann mal durch. Jede Familie auf ihre Art und Weise.« Sie nimmt noch einen Schluck aus ihrer Glühweintasse. »Soll ich dir was sagen, meine Liebe? Eines schönen Tages, wenn dein Wunsch wahr geworden ist, wirst du auf diesen Moment hier zurückblicken. Wenn du vor dem Weihnachtsbaum sitzt und den richtigen Kerl an deiner Seite hast, der deinen Humor teilt, deine verrückte Art liebt, deine kleinen Macken …« Ein liebevolles Lächeln schiebt sich über ihre Lippen. »Und der mit dir eine Familie gegründet hat. Dann wirst du daran denken, wie gut dieser Moment hier und heute rückblickend für dich war. Und du wirst *Leise pieselt das Reh* mit ihm und später auch irgendwann mit deinen Kindern singen. Ja, meine liebe Lele, ich sehe es bereits vor mir. Wenn dein Herz angekommen ist.«

Was sie nicht alles sieht ... Ich hingegen sehe nur Sterne. Und mein Herz, es braucht eine Pause.

Eine kleine Weile blicken wir stumm in den Himmel, es ist kalt und dennoch irgendwie schön.

Ich schüttle den Kopf. »Du und deine Fantasie. Gerade kann ich es mir zwar nicht vorstellen, aber ja, lustig wäre es schon.«

»Absolut.« Theresa prostet mir mit ihrer Tasse zu. »Es wäre sogar einen Wunsch wert, was meinst du?«

Es wäre einen Wunsch wert. Ja, vielleicht.

Wünsche in der Weihnachtszeit, Wunder, die angeblich passieren. Natürlich will ich noch immer gern daran glauben, aber kann ich das wirklich?

»Du hast doch von dem Stern gesprochen«, sagt Theresa mit einem Mal. »Stell dir vor, das wäre wirklich der Weihnachtsstern. Der Wunschstern. Und der Brauch würde funktionieren.«

»Okay, und dann?«

»Du meintest ja, er hat dir nicht richtig zugehört. Also lass uns doch was Verrücktes ausprobieren. Du wünschst dir jetzt einfach was. Und weißt du, wie wir das machen?« Sie kramt in ihrer Tasche und zieht einen Zettel und einen Stift heraus.

Ich grinse. »Was soll das werden? Schreiben wir einen Wunschzettel und bewerfen den Stern damit? Ich bin doch kein Kind mehr.«

»Na und!«, ermahnt Theresa mich mit erhobenem Zeigefinger. »Wenn man diesen Stern sieht und sich was wünscht, dann wird er dir den richtigen Weg zu deinem Ziel, zu deinem Wunsch leuchten. Daran hast du doch früher mal geglaubt, zusammen mit deiner Oma. Und das solltest du jetzt auch wieder tun.«

»Ja genau, ganz sicher. Das würde also bedeuten, dass ich mir eine Million wünschen kann, und der Stern leuchtet mir dann den Weg zur nächsten Bank, die ich überfallen soll?«

»Unsinn. So ist das natürlich nicht gemeint. Doch an dieser Legende ist wirklich was dran. Schon im Mittelalter brachte der Stern den Menschen Glück.«

»Ich weiß nicht …«

»Komm schon, wünsch dir doch einfach mal was. Ich weiß, du willst es. Was ist dein Wunschziel?« Sie reicht mir den Zettel.

»Was soll ich damit machen?«

»Schreib's auf, und dann wirfst du den Zettel nach oben zu dem Stern.«

Ich hebe eine Augenbraue. Wer von uns beiden ist jetzt verrückt? Beinahe automatisch gleitet mein Blick wieder in den Himmel, wo der Stern gerade ziemlich hell leuchtet. Doch ich winke ab. »Sorry, ich glaube da nicht mehr dran.«

»Los, mach schon«, quengelt sie jetzt beinahe.

Ich atme tief durch. »Na, meinetwegen.« Ich verdrehe die Augen, dann nehme ich den Zettel in die Hand und setze den Stift an. Aber was soll ich mir überhaupt wünschen?

»Und?« Theresa lässt mich nicht aus den Augen.

»Jetzt warte doch mal. Ah, wie wäre es mit gutem Sex?«, schlage ich vor.

»Ach bitte, Lele!«

»Ich kann mir doch wünschen, was ich will.«

»Du sollst dir was Vernünftiges wünschen!«

Ich grinse. Als ob das nicht vernünftig ist.

Schließlich beginne ich doch zu schreiben, ganz allein für mich: *Tu, was du nicht lassen kannst, daraus wird ja eh nichts!*

Zum Glück sieht Theresa meine Worte nicht. Ist doch wahr. Als ob der Stern meine Wünsche erfüllen könnte und wüsste, was mein Herz sich ersehnt. Aber gut, soll er doch mal beweisen, was er kann. Ich knülle den Zettel zusammen, stelle mich aufrecht hin und schleudere das Papierknäuel mit voller Wucht nach oben.

»Fertig!«, rufe ich und muss selbst lachen. Sicher würde mich jeder, der mich gerade sieht, für verrückt halten. Aber eigentlich auch egal.

Kurz bleibe ich noch stehen und werfe dem Stern einen herausfordernden Blick zu. Es scheint tatsächlich, als würde er aufblitzen. Wobei das nicht sein kann, oder? Das bilde ich mir sicher nur ein.

»Ich hoffe, dein Wunsch war ernst gemeint«, sagt Theresa und sieht mich mahnend an. »Denn wenn du den Stern veräppelst, verflucht er dich noch.«

»Ich habe ihn doch nicht veräppelt, ich habe ihm was geschrieben. Außerdem ist es echt ziemlich fies, jemanden zu verfluchen. Wobei er das ja eh schon dauernd macht, Glück hat mir der Stern jedenfalls noch nicht gebracht. Nur Chaos und Unsinn.«

Sie lacht. »Pssst, nicht so laut! Lass dich doch einfach mal überraschen.«

Absolut, ich bin gespannt.

Auf einmal fällt mir ein Kerl auf, der ein wenig abseitssteht. Ist das nicht der von vorhin, der mir zugelächelt hat, als ich von dem pieselnden Reh gesungen habe? Ja, das ist er. Er hat das Handy am Ohr und wirkt ein wenig aufgebracht.

»Was ist los?«, fragt Theresa und folgt meinem Blick. »Ah, der Kerl da? Der sieht gut aus, oder? Da wünschst du dir was, und keine Minute später steht er bereits vor uns …«

»Stimmt, gut sieht er schon aus«, sage ich. »Aber auch genervt. Weißt du was? Der war vorhin auch da, als ich von dem pieselnden Reh gesungen habe.«

»Ah, und?«

»Nichts, er ist mir nur aufgefallen, weil er mich angelächelt hat.«

»Na, dann hat er wenigstens Humor.«

»Vielleicht hat ja der Stern ihn geschickt?«, frage ich etwas provokant.

Aber Theresa winkt ab. »Das wäre wahrscheinlich doch etwas übereilt.«

In diesem Moment geht er an uns vorbei, und kurz treffen sich unsere Blicke. Irgendwie hat er ja was … Mein Herz klopft ein bisschen schneller. Bescheuert.

»So, es wird Zeit, ich glaube, ich habe genug für heute«, höre ich Theresa neben mir sagen. »Schluss mit verrückten Dingen.«

Wir stoßen unsere Tassen noch einmal aneinander, und ich trinke den letzten Schluck Glühwein, der inzwischen kalt geworden ist. Danach stellen wir uns an, um die Tassen zurückzubringen und das Pfand wiederzubekommen.

»Herbert wird gleich hier sein, er holt mich ab und parkt um die Ecke«, erklärt Theresa, nachdem sie eine Nachricht an ihn in ihr Handy getippt hat. »Du kannst gern mitfahren, wir bringen dich heim.«

Dankbar nicke ich. Ich habe wenig Lust, mich jetzt noch in die U-Bahn zu zwängen, zwischen all die gut gelaunten Menschen, die in Vorweihnachtsstimmung vom Christkindlesmarkt nach Hause fahren.

Erneut sehe ich nach oben zu dem Stern. Ach herrje, was für ein merkwürdiger Abend.

Ich bin verrückt geworden

Wenig später überqueren wir den Hauptmarkt und passieren die vielen Buden, die bereits geschlossen sind. Zwar herrscht in der Stadt schon noch Leben, doch der Trubel legt sich nun spürbar.

Während wir auf die Gasse zusteuern, in der Herbert mit dem Auto auf uns wartet, werde ich mit einem Mal von einem Licht geblendet. In der Scheibe eines Schaufensters flackert etwas, und als ich genauer hinsehe, erkenne ich, dass sich der Stern darin spiegelt.

Quatsch.

Ich sehe noch mal genauer hin. Denn mal ehrlich, ist das überhaupt möglich? Kann sich so ein kleiner Stern, der so weit weg ist, überhaupt in dieser Scheibe spiegeln? Aber vielleicht steckt auch etwas ganz anderes dahinter, schließlich gibt es in der Stadt derzeit viel mehr Lichter als sonst. Doch Physik war noch nie meine Stärke, und so gebe ich es auf, mir noch länger Gedanken über dieses Phänomen zu machen.

Wie es der Zufall will, fällt mein Blick genau in diesem Moment auf ein Plakat, das an der Schaufensterscheibe hängt. Irgendwie habe ich plötzlich so eine Vorahnung. »Das will ich mir mal genauer ansehen«, sage ich und gehe geradewegs auf das Plakat zu.

Tatsächlich, meine Sinne haben mich nicht getäuscht. Es ist ein Werbeplakat für die Eröffnung des Christkindlesmarkts - und wer ist mit seinem Chor darauf abgebildet? Ausgerechnet Freddy. Und natürlich steht diese doofe Tussi gleich neben ihm.

Theresa ist zu mir getreten und tätschelt mich aufmunternd am Arm.

»Wie wütend mich das macht, ich sage es dir«, presse ich über meine Lippen. »Dieser ...«

Auf einmal kommt mir eine Idee. Eine verrückte Idee zwar, aber dennoch. »Das mache ich jetzt«, murmele ich, während ich in meiner Tasche zu kramen beginne. Als ich finde, was ich gesucht habe, stelle ich sie auf dem Boden ab.

»Warum hast du denn einen Edding dabei?«, will Theresa wissen.

»Ach, das ist tatsächlich mein Wichtelgeschenk von der Firma. Toll, oder? Erst habe ich mich ja gefragt, was das soll, aber jetzt kann ich ihn doch gut gebrauchen. Glück für mich, Pech für Freddy, zumindest in diesem Moment.«

»Was hast du vor?«, fragt sie, obwohl sie es sich bestimmt denken kann. Sie zieht mich leicht am Ärmel. »Komm, lass das lieber bleiben. Wir sollten jetzt wirklich weiter, Herbert wartet sicher schon.«

Doch ich lasse mich von meinem Vorhaben nicht abbringen. Ich ziehe den Verschluss von dem Stift ab und beuge mich damit nach vorne zu dem Plakat.

»Und jetzt?« Theresa zieht noch einmal an meiner Jacke, diesmal spürbar heftiger. »Willst du ihm etwa einen Penis ins Gesicht malen?«

»Ne, ein Reh, das ihn anpieselt. Oder … egal, irgendwas. Hauptsache, er grinst nicht mehr so selbstgefällig.«

In diesem Augenblick klingelt Theresas Handy. »Ah, Herbert ruft an. Komm, pack den Stift weg, du Nudel. Glaub mir, es macht keinen Sinn.« Dann nimmt sie das Gespräch an. »Ja, wir kommen gleich, sind schon um die Ecke.« Sie hakt sich bei mir ein und zieht mich endgültig mit sich.

»Ach Manno«, murre ich, folge ihr dann aber doch. Sie hat ja recht. Das alles bringt nichts.

Am Ende der Gasse wartet Herbert in seinem dunklen BMW auf uns. Bereits von Weitem winkt er uns zu.

»Hey, mein Schatz.« Nachdem Theresa die Beifahrertür geöffnet und sich neben ihn gesetzt hat, drückt sie ihm ein Küsschen auf die Lippen. Dann dreht sie sich zu mir um. »Los, Lele, steig ein. Worauf wartest du denn noch?«

Meine Hand wandert an den Türgriff. Gerade als ich die Tür öffnen will, fällt mir ein, dass ich meine Tasche nicht bei mir habe. Oh!

»Mist, meine Tasche, ich habe sie vor dem Schaufenster liegen gelassen. Ich muss sie schnell holen.« Ohne eine Antwort der beiden abzuwarten, mache ich mich sofort auf den Weg zurück. Kaum bewege ich mich schneller vorwärts, wird mir doch etwas übel. Es war wohl wirklich ein bisschen viel heute.

Gott sei Dank liegt die Tasche immer noch auf dem Boden vor dem Schaufenster. Das hätte mir jetzt noch zu meinem Glück gefehlt, wenn sie weg gewesen wäre. Schnell hebe ich sie auf, hänge sie mir um die Schultern und will gerade wieder zurückgehen, als ich abermals den Stern sehe, der sich in der Scheibe spiegelt. Wie bescheuert, das kann doch gar nicht sein.

Natürlich zieht jetzt auch das Plakat wieder meine Aufmerksamkeit auf sich. Ob der Stern mir etwas sagen möchte? Unsinn. Oder doch? Ach, dieser Idiot, wie er da grinsend an der Scheibe klebt …

In diesem Moment piept mein Handy, und ich ziehe es aus der Jackentasche. In meinem Kopf dreht es sich kurz, sodass ich mich an der Scheibe festhalte, während ich das Handy entsperre und die Nachricht öffne. Sie ist von Herrn Lallinger.

Was ich dann lese, lässt mir den Mund offen stehen. »Was?«, rufe ich, auch wenn mich niemand hören kann.

Wieder und wieder lasse ich meinen Blick über die Zeilen wandern, versuche zu registrieren, was da steht. Aber es ist wohl so. Ich wurde tatsächlich wegen meines Verhaltens heute Abend abgemahnt. Und das schreibt er mir um diese späte Uhrzeit? Und dann auch noch als WhatsApp-Nachricht?

S. Lallinger: *Als Mitarbeiterin in unserem Callcenter haben Sie eine gewisse Vorbildfunktion, der Sie leider nicht nachgekommen sind, weswegen wir Sie hiermit abmahnen. Hochachtungsvoll …*

Ja, genau! Ernsthaft? Der Chef darf die ganze Zeit an der Sekretärin herumkrabbeln, doch ich werde verwarnt, wenn ich nur von einem pieselnden Reh singe?

Na warte. Keine Ahnung, ob das, was ich da tue, gut ist. Jedenfalls tippe ich als Antwort nur zwei Wörter ein:

Ich: *Ich kündige.*

Weggeschickt. So!

Habe ich das wirklich gemacht?

Pling! Die nächste Nachricht erreicht mich. Wahrscheinlich schon die Antwort.

Doch sie stammt von Freddy. Was will der denn bitte noch von mir?

Freddy: *Liebe Lele, war das vorhin echt nötig? Ich weiß, es war schwer für dich, aber du hast dich alles andere als erwachsen verhalten. Und das auch noch vor deinen Kolleginnen und Kollegen. Ich schicke dir dennoch viel Liebe. Freddy*

So ein Idiot. Es war auch nicht erwachsen von ihm, per WhatsApp Schluss zu machen und mir dazu noch etwas vorzulügen. Dabei hatte er schon längst eine Neue. Wut steigt in mir auf, und just in diesem Moment ist da zum wiederholten Male diese Lichtreflexion in der Scheibe. Der Stern. Eigentlich unmöglich, oder? Aber vielleicht will er mir ja doch irgendwas sagen.

»Ist das dein Plan?«, frage ich und lache leise.

Wieder mustere ich das Plakat. Wie Freddy dasteht mit seinen großen Ohren. Und wie er beim Singen den Mund aufreißt …

Und dann tue ich es. Ich ziehe den Edding aus der Tasche und beginne zu malen.

Okay, wie es scheint, bin ich tatsächlich verrückt geworden.

Der Stern ist schuld

»Leise pieselt das Reh …«, singe ich und bin ganz in meinem Element, als ich eine Stimme höre.

»Entschuldigung, was machen Sie da bitte?«

Ich zucke zusammen. Ja, was mache ich da? Während ich noch immer den Edding in der Hand halte, suche ich nach einer Erklärung. In der Scheibe spiegelt sich gerade ausnahmsweise kein Licht und auch kein Stern, sondern ein Mann. Langsam drehe ich mich zu ihm um. »Ähm, ich male und singe. Oder wonach sieht es denn aus?«, antworte ich mit einer Gegenfrage und bin über mich selbst ganz überrascht. Das war ja doch ziemlich schlagfertig.

»Wonach es aussieht? Nach Sachbeschädigung.« Der Kerl blickt mich ernst an. Irgendwie kommt er mir ja bekannt vor … Ach herrje. Klar, es ist wieder der Kerl mit der dunklen Jacke, der mich vorhin so nett angelächelt hat. Doch von diesem Lächeln ist jetzt nichts mehr zu sehen, im Gegenteil, er wirkt ziemlich erbost.

»Was? Nein, ich wollte das Plakat nur verschönern. Sehen Sie nicht? Das ist Kunst!«

Mit einem Mal beginnt sich alles um mich herum zu drehen. Oh nein. Dann klingelt es auch noch. Sicher mein Handy. Stimmt, Theresa und Herbert warten ja auf mich. Wie konnte ich das nur vergessen?

Stirnrunzelnd betrachtet der Kerl mein Werk. »*Freddy stinkt nach Rehpipi*«, liest er vor. »*Weihnachten stinkt. Dieser verdammte Stern hat mich hergeführt.* Okay …«

»Jap, so was von«, entgegne ich.

Er zieht eine Braue nach oben, und unsere Blicke treffen sich. »Ach ja, Sie sind es«, sagt er nun. »Sie haben doch vorhin von dem pieselnden Reh gesungen. Gut, zugegeben, das fand ich schon noch lustig. Aber das hier, das geht echt zu weit! Ach, und Ihren Müll sollten Sie auch nicht einfach in der Gegend herumwerfen. Schon mal was von Mülleimern gehört?«

Was meint er? »Welchen Müll?«

»Na, diesen Zettel hier.« Er hält mir ein zusammengeknülltes Stück Papier entgegen.

Oh Mist. Das ist tatsächlich mein Wunschzettel! Er hat ihn doch nicht etwa gelesen?

Ich stemme die Hände in die Hüften. »Was geht Sie denn das an?«

Er verengt die Augen zu Schlitzen. »Ich würde sagen, es geht mich eine ganze Menge an, denn das Schaufenster, das Sie gerade beschmiert haben, gehört mir.«

Ich mustere den Kerl. Würde er nicht so grimmig dreinschauen, wäre sein Gesicht gar nicht mal so hässlich. Er hat helle Haare, graublaue Augen und ist insgesamt schon recht ansehnlich.

»Welches Schaufenster? Ich habe doch nur das Plakat bemalt.« Aber dann erkenne ich, dass ich ziemlich großzügig über den Rand des Plakates hinausgemalt und damit gleichzeitig auch die Scheibe verziert habe.

Ups.

»Was hängen Sie auch so was Hässliches auf?«, bringe ich zu meiner Verteidigung vor.

»Bitte?«

»Das war nicht gegen Sie gerichtet, sondern gegen das Plakat. Oder vielmehr gegen den da.« Ich deute auf Freddy. Wieder klingelt mein Handy. »Ich muss ganz kurz rangehen, ja? Hallooo?«

»Lele? Wo bleibst du denn?«, ruft Theresa am anderen Ende der Leitung. Sie klingt hörbar ungeduldig. »Wir warten auf dich. Geht's dir gut, soll ich zu dir kommen? Du machst doch keinen Unfug, oder?«

Als ob ich irgendwelchen Unfug machen würde.

»Ähm … nein, nein, ich bin gleich bei euch.« Ich lege auf und blicke zu dem Kerl vor mir. »Also, ich muss dann mal los.«

Doch er hebt energisch die Hand. »Nein, Sie gehen nirgendwohin.«

»Was? Warum denn? Meine Freundin wartet auf mich und …«

»Fragen Sie das allen Ernstes? Sie malen mein Schaufenster an, weil Sie das Plakat hässlich finden oder genauer gesagt den Typ darauf. Aber egal, wie

Sie es drehen, es ist und bleibt Sachbeschädigung. An der Scheibe meines Ladens!«

Was er nur immer mit seiner Sachbeschädigung hat. Gut, irgendwie ist es das ja auch, aber es sind doch nur paar Striche danebengegangen.

Ich sehe mir die Misere genauer an. Verdammt, es ist ja wirklich Sachbeschädigung. Was ist da nur in mich gefahren? Es war dieses Licht ... Ja, der Stern, er ist schuld. Er allein hat mich auf dieses blöde Plakat aufmerksam gemacht.

Okay, ich bin nicht mehr ganz klar im Kopf, das merke ich jetzt auch.

»Ich werde die Polizei rufen, denn das geht so nicht«, erklärt der Kerl und zückt nun tatsächlich sein Handy.

Mit einem Mal wird mir nicht nur speiübel, sondern auch angst und bange. Was habe ich da nur angestellt? Schnell gebe ich etwas Spucke auf meinen Finger und versuche, die Striche, die auf der Scheibe gelandet sind, wegzuwischen, aber es gelingt mir nicht. Klar, sicherlich ist der Edding wasserfest.

»Was machen Sie denn da? Mit Spucke, also wirklich ...« Der Kerl schüttelt pikiert den Kopf.

Ich seufze. »Das hat sich dieser Stern ja ganz toll ausgedacht!«

»Was?«

»Nichts, ich ... Okay, passen Sie auf, ich hatte einen üblen Tag. Mein Freund ... Ex-Freund, er hat mich betrogen. Der da.« Ich deute auf Freddy und versuche, möglichst abfällig dreinzuschauen. »Mit dieser Männerdiebin hier.« Nun zeige ich auf seine Tussi und verziehe das Gesicht noch mehr. »Ich habe Schnaps und Glühwein getrunken, dann hat es bei Ihnen im Schaufenster geleuchtet - nein, es war vielmehr der Stern, der geleuchtet hat. Dieser Weihnachtsstern, der angeblich Wünsche erfüllt. Und da dachte ich, ich sollte mal schauen, wo der Stern mich hinführt. Dann habe ich das Plakat entdeckt und …« Mit einem Mal spüre ich einen Würgereiz und gehe in die Knie, weil mir jetzt echt unsagbar übel ist. Ich versuche, mich zu fassen, doch es gelingt mir nicht. »Tut mir leid«, murmele ich nur.

»Halt, bitte tun Sie das nicht!«, höre ich ihn noch rufen, aber da übergebe ich mich schon.

Oh nein, das darf doch nicht passieren, nicht in seiner Gegenwart! Ich will einfach nur im Erdboden versinken. Und nie mehr werde ich Alkohol trinken. Nie wieder!

»Also gut, ich hole jetzt wirklich die Polizei«, höre ich ihn sagen, nachdem ich mich mehr oder weniger entleert habe. Mist, mir tut alles weh, alles.

»Die Polizei?« Nun werde ich echt sauer. Noch immer rumort es in meinem Magen. »Wie gemein sind Sie denn bitte? Mir ist hundeübel, ich muss brechen, und Ihnen fällt nichts Besseres ein, als mir mit der Polizei zu drohen? Wie wäre es denn, wenn Sie stattdessen mal fragen, wie es mir geht?«

Er mustert mich von oben herab. »Sie haben recht, Entschuldigung. Aber es geht Ihnen ja anscheinend gut genug, um herumzumeckern.«

»Bitte keine Polizei«, sage ich noch einmal. »Es … es tut mir wirklich leid, aber es ist so, ich habe ein kleines Kind zu Hause, das ich jetzt allein großziehen muss.« Er hebt eine Braue, während ich ohne Pause weiterrede. »Und das zur Weihnachtszeit. Mit mir sind einfach die Gefühle durchgegangen, weil ich nun ganz allein bin mit meiner kleinen Maria – wir haben sie nach der Mutter Gottes getauft und …«

Er hebt die Hand, um mich damit zum Schweigen zu bringen. »Sorry, aber das ist mir zu blöd. So ein Quatsch! Tut mir leid, aber ich muss das jetzt tun.«

Erst bilde ich mir ein, dass er lächelt, aber dann beginnt er doch, auf seinem Handy herumzutippen. Während er wartet, bis sich am anderen Ende der Leitung jemand meldet, wendet er sich kurz von mir ab – und das ist *die* Gelegenheit. Als wäre eine ganze Horde Polizisten mit ihren Spürhunden hinter mir her, renne ich los.

Ich renne und renne, ohne mich umzusehen. Auch wenn mir übel ist und ich am liebsten nur noch schlafen würde, laufe ich weiter, bis ich endlich Herberts Auto erreicht habe. Ich reiße die hintere Tür auf und springe hinein.

»Was ist los?«, ruft Theresa. »Igitt, was riecht denn hier so sauer?«

Ich muss husten. »Sorry, bitte, Herbert, fahr schnell los, ich habe Mist gebaut!«

Zum Glück startet Herbert schon den Motor und tritt aufs Gaspedal. Aus dem Augenwinkel nehme ich noch einen Schatten wahr. Ob das der Kerl ist? Oh Gott.

Keine Sekunde später sind wir bereits in die nächste Straße abgebogen.

»Okay, du hast das nicht wirklich gemacht!«, sagt Theresa, nachdem ich den beiden erzählt habe, was gerade passiert ist. Ehrlich gesagt kann ich es selbst nicht glauben. Und jetzt bin ich so fertig, dass mir die Tränen kommen.

»Ich weiß, die Aktion war bescheuert und einfach nur peinlich«, antworte ich. »Aber ich sage es dir, der Stern ist schuld. Er hat mich zu diesem Schaufenster geführt. Ehrlich!«

Sie wendet den Kopf zu mir nach hinten und sieht mich an. Keine Ahnung, was sie sagen will, denn Herbert kommt ihr zuvor. »Aber du spuckst jetzt nicht auch noch in mein Auto, ja?«, ermahnt er mich. »Soll ich lieber anhalten?«

Ich schüttle den Kopf.

»Sei nicht so gemein, Herbert«, weist Theresa ihn zurecht. »Du siehst doch, wie mies es Lele geht. Sie hatte echt keinen guten Tag.«

Ich seufze tief, ehe ich mein Gesicht in den Händen vergrabe. »Ich habe Mist gebaut, das ist mir schon klar. Ich hätte das Plakat nicht anmalen dürfen, und ich hätte auch nicht kündigen sollen …«

»Du hast was?« Theresa reißt die Augen auf, das kann ich sogar im schwachen Licht der Straßenbeleuchtung, das ins Auto dringt, erkennen.

»Ja, mein Chef hat mich abgemahnt, wegen vorhin - per WhatsApp. Dadurch hat doch überhaupt erst der ganze Mist begonnen. Und dann kam auch noch eine Nachricht von Freddy, er meinte, ich soll mal erwachsen werden. So ein Idiot.«

»Okay, aber wenn dieser Ladenbesitzer mein Autokennzeichen gesehen hat, bin ich dann nicht Mittäter?«, will Herbert mit einem Mal wissen, worauf Theresa ihm einen bösen Blick zuwirft.

»Herbert, das ist jetzt total egal! Die Sache ist sowieso schon verquer genug. Wir sollten einfach hoffen, dass nichts passiert.« Dann sieht sie wieder mich an. »Ich bin mir sicher, dass alles gut wird. Und mach dir keine Gedanken. Morgen ist auch noch ein Tag.«

»Das war echt fies von dem Stern«, jammere ich, und das ist auch das Letzte, woran ich mich erinnere.

Ein Weihnachtsfluch?

Als ich wieder zu mir komme, liege ich in einem Bett. Okay, wo bin ich? Langsam, Millimeter für Millimeter, öffne ich die Augenlider und stelle fest, dass ich in meinem Schlafzimmer bin, in meiner kleinen Altstadtwohnung. Dem pieselnden Reh sei Dank. Oder eher Theresa und Herbert. Ich erinnere mich noch daran, wie ich bei ihnen im Auto saß – und dann …

Mein Gehirn muss nun die Reset-Taste gedrückt haben, denn die Bilder von gestern Abend wandern langsam wieder in mein Gedächtnis zurück und spielen alles vor meinem geistigen Auge ab, als säße ich im Kino.

Da war erst einmal Freddy, der in einer schnöden WhatsApp-Nachricht mit mir Schluss gemacht hat. Die Weihnachtsfeier in der Firma. Mein wirklich seltsames Wichtelgeschenk, dieser Edding. Dann ganz viele Lichter, die Nürnberger Altstadt festlich geschmückt, die Buden mit ihren rotweißen Dächern, Mandelduft und Glühwein, Schnaps. Bis dahin war der Abend eigentlich noch ganz annehmbar. Doch dann hat Freddys Chor gesungen – und ich ebenfalls. Über das pieselnde Reh. Ich habe mit Theresa Glühwein getrunken … In mir zieht sich alles zusammen. Unser Gerede über Wünsche, den Stern. Ich sollte ihm einen Wunsch schicken und habe geschrieben, dass er einfach mal machen soll. Habe ich ihn am Ende doch veräppelt? Dann habe ich ihn in der Schaufensterscheibe entdeckt und schließlich dieses Plakat beschmiert. Warum, weiß ich gar nicht so genau. Oder doch – weil Freddy darauf zu sehen war, zusammen mit dieser Tussi. Jedenfalls war das echt dumm von mir.

»Oh Mann«, seufze ich. Als ich mich nun langsam aufrappele, spüre ich einen Stich in meinem Kopf. Klar bin ich froh, zu Hause zu sein, keine Frage. Dennoch ist da dieses ganz fiese Gefühl in mir. Es war zu viel, es war unnötig. Nie wieder Alkohol. Na ja, zumindest nicht so viel.

Ich strecke mich und atme tief durch. Jetzt brauche ich erst mal Kaffee, doch vorher sollte ich dringend unter die Dusche. Ich müffle, als hätte ich schon seit dem letzten Weihnachtsfest kein Badezimmer mehr von innen gesehen.

Also schlüpfe ich aus meiner Kleidung und gehe ins Bad. Aus dem Spiegel über dem Waschbecken blickt mir der Weihnachtsgrinch entgegen – oder so was in der Art. Hilfe. Schnell betrete ich die Dusche und lasse das warme Wasser über meinen Körper laufen. Okay, besser. Ich werde langsam wach und bin froh, dass ich wohl keinen nennenswerten Kater davongetragen habe.

Als ich fertig bin, wickle ich mir ein Handtuch um die nassen Haare und hole aus meinem Kleiderschrank einen warmen Pullover und eine Jogginghose heraus. Damit fühle ich mich gleich, als steckte ich in einer Ganzkörpersocke. Aber es ist ein gutes Gefühl.

Schließlich tapse ich in die Küche und will die Kaffeemaschine einschalten, doch der Behälter mit den Bohnen ist fast leer. Oh nein. Nur ein kleiner Rest ist noch da. Zum Glück, aber ich muss dringend einkaufen gehen.

Mit der dampfenden Kaffeetasse in der Hand verlasse ich die Küche wieder. Mir ist bewusst, dass ich jetzt die nächste Hürde vor mir habe: mein Handy anzusehen. Wie schrecklich. Ich hoffe so sehr, dass ich nicht noch mehr Mist gebaut habe.

Nachdem ich das Telefon im Flur in meiner Jackentasche gefunden habe, gehe ich weiter ins Wohnzimmer, wo ich mich auf das Sofa fallen lasse und erst mal einen großen Schluck Kaffee trinke. Danach entsperre ich mit leicht zitternden Fingern mein Handy und finde drei Nachrichten vor. Die erste ist von Theresa, die mir schreibt, dass ich mich melden soll, wenn ich wach bin, und dass ich mir keine Gedanken machen soll.

Die nächste Nachricht ist von Herrn Lallinger. Stimmt, da war ja auch was. Als ich die Nachricht lese, weiten sich meine Augen.

S. Lallinger: *Frau Sternhagel, das ist sehr schade, aber wir müssen Ihre Entscheidung akzeptieren. Wir wer-*

den Ihnen Ihre Unterlagen zusenden. Hochachtungsvoll …

Ich habe tatsächlich gekündigt. Per WhatsApp. In angetrunkenem Zustand. Aber ist so was überhaupt rechtskräftig und gültig? So ein Mist!

Die dritte Nachricht ist auch nicht viel besser, denn sie stammt von Freddy. Warum hat er mir noch mal geschrieben? Kurz überfliege ich den Chatverlauf. Auf seine Nachricht, die mich gestern Abend so wütend gemacht hatte, habe ich doch allen Ernstes geantwortet, dass ich ihm schreckliche Weihnachten mit vielen pieselnden Rehen im Garten wünsche. Oh nein!

Klar, dass von ihm jetzt eine entsprechende Antwort kommt:

Freddy: *Wie du meinst. Ich weiß, es ist schwer für dich, aber ich hoffe, du kommst drüber weg.*

So ein Arsch! Etwas anderes fällt mir dazu nicht ein. Ja, was ich gestern getan habe, war nicht gerade klug, aber ist nicht jedem schon mal etwas richtig Blödes passiert?

Ich atme tief durch und rufe Theresa an. Als ich ihre Stimme höre, entspanne ich mich spürbar. Man braucht im Leben diese Freundin, die mit dir lacht und mit dir weint – egal, wie bescheuert du dich verhalten hast.

»Weißt du, ich hätte mich gestern Abend totlachen können, als du da auf unser Auto zugerannt bist«, kichert sie. »Gut, Herbert war etwas geschockt, aber er wird sich damit abfinden. Dass du echt diese Scheibe angeschmiert hast und dann auch noch dachtest, der Stern hat dich hingeführt. Ach, Lele …«

Ich seufze. »Ja, ich weiß, schrecklich. Das Ganze war superpeinlich. Ich hoffe, ich sehe diesen Kerl nie wieder, und hoffentlich findet er mich auch nicht. Aber mal ehrlich, das Plakat ist mir doch nur aufgefallen, weil da so ein Licht war, ein Funkeln. Das war der Stern, ich sage es dir.«

»Vielleicht hatte es ja am Ende etwas mit deinem Wunsch zu tun. Du hattest den Stern doch nicht geärgert, oder?«

»Nein, also ich …«

»Na schön. Ich habe da ja noch einen anderen Gedanken.«

Okay, jetzt kommt es.

»Du solltest dich bei dem Kerl entschuldigen, wirklich. Ich weiß nicht – wenn du der Meinung bist, dass es der Stern war, dann solltest du ihn nicht verärgern. Vielleicht ist das ja der Plan, dass du mit dem Kerl redest. Deswegen hat der Stern dich zu ihm geführt.«

Wer von uns beiden ist hier eigentlich die Verrückte?

»Aha. Damit der Kerl zur Polizei geht und ich eine Strafe bekomme? Was könnte sich der Stern deiner Meinung nach noch ausgedacht haben?«

»Dass du dich entschuldigen sollst, Lele! Also, so richtig.« Als ich keine Antwort gebe, fügt sie hinzu:

»Ich meine, nicht dass du jetzt Pech hast und einen Weihnachtsfluch oder so auf dich gezogen hast.«

Bitte? Ist das ihr Ernst?

»Spaß«, schiebt sie gleich hinterher, und ich lächle erleichtert.

»Ich dachte echt schon, du bist verrückt geworden.«

»Und jetzt? Was hast du vor?«, will sie wissen.

Was ich vorhabe? »Tja, ich würde sagen, ich bin jetzt erst mal Single und arbeitslos. Die besten Voraussetzungen für ein schönes Weihnachtsfest und ein tolles neues Jahr.«

Theresa kichert erneut. »Gibt's da nicht dieses Lied *Pleite, aber sexy?*«

»Na ja, dass ich sexy aussehe, würde ich gerade nicht unterschreiben. Ich brauche heute zehn Masken im Gesicht, viel Wasser, Erholung und einen Schnulzenfilm. Am liebsten zusammen mit dir. Ihr fahrt aber heute schon weg, oder?«

»Ja, nachher. Du weißt ja, die Tortur startet diesmal sehr früh. Ich habe es Herbert versprochen, nachdem das Jahr bei ihm so stressig war. Und arbeiten kann ich von dort aus ja auch noch. Dein Vorschlag klingt echt verlockend, aber ich muss wirklich noch so viel packen.«

»Weiß ich doch. Ich suhle mich heute einfach mal im Elend, und morgen, wenn die erste Kerze am Adventskranz brennt … keine Ahnung. Ich glaube, meine Oma wollte mich irgendwo hinschleppen. Bisher hat sie sich allerdings nicht gemeldet, zum Glück. Vielleicht hat sie es auch vergessen, dann liege ich einfach hier herum, bis Weihnachten vorbei ist. So nach dem Motto: Wenn die fünfte Kerze brennt, hast du Weihnachten verpennt.«

»Hahaha, deine Oma und etwas vergessen – sicher nicht.«

»Ja, da hast du auch wieder recht.« Ich lasse meinen Blick durch die Wohnung schweifen. »Weißt du, ich hatte schon gehofft, mit Freddy zu feiern, mal so richtig traditionell. Kein Weihnachtschaos, sondern einfach nur Liebe und leckeres Essen, ein glitzernder Baum komplett in einer Farbe, so wie es heute modern ist. Und Lametta …«

»Lametta?«

»Ja, Lametta. Und dann sitzt man vor dem Baum, packt die Geschenke aus, eines nach dem anderen …«

Theresa lacht und steigt ausgelassen in meine Gedankenspiele ein. »Und man wedelt sich mit der Hand Luft zu, weil man dermaßen überrascht ist, denn mit einem so tollen Ring von Tiffany, diesem teuren Schmucklabel, hat man nicht gerechnet. Alle haben sich ganz doll lieb, dass es beinahe wehtut. Im Garten stehen Rehe und ein Schlitten …«

»Ja, genau so«, sage ich und muss jetzt auch lachen. »Aber ich, was tue ich? Ich male in dieser Mischung aus Glühweinrausch und Frust eine Schaufensterscheibe an, kündige meinen Job und sitze dann hier wie ein Häufchen Elend. Das Fest kann nur richtig mies werden. Du hast die Liebe und Weihnachten – und ich habe nur … nichts von alldem.«

»Ach, Unsinn, bei uns ist es doch auch nicht so harmonisch. Jede Familie hat irgendeinen Weihnachtsknacks, das vermute ich zumindest.«

»Schon, aber meine Familie hat das Chaos erfunden. In den letzten Jahren war immer irgendwas los, das weißt du ja. Dieses Jahr wird es wahrscheinlich auch nicht besser. Und der Stern - von wegen, er erfüllt Wünsche. Er hat mich ins Verderben rennen lassen. Jetzt wird alles nur noch schlimmer.« Ich schniefe.

»Du Dramaqueen.« Theresa lacht. »Warte doch erst mal ab. Alles im Leben passiert aus einem bestimmten Grund. Und wer weiß, was der Stern sich dabei gedacht hat.«

»Ach, komm ...«

»Doch, glaub mir und vertraue einfach mal darauf, ja?«

Theresas Worte lassen mich den ganzen Tag nicht los. *Alles im Leben passiert aus einem bestimmten Grund.* Aber was soll der Grund dafür sein, dass ich einfach irgendwelche Schaufensterscheiben anmale? Echt jetzt, das soll mir mal jemand verraten. Gut, ich weiß, ich bin selbst schuld, dennoch ...

Am Abend, als es dunkel geworden ist, trete ich hinaus auf meinen kleinen Balkon und blicke in den Himmel. Wieder leuchtet dort der Stern. Merkwürdig, bis jetzt habe ich mir nicht wirklich Gedanken über ihn gemacht, aber auf einmal scheint er einfach da zu sein. Andauernd.

»Hat ja nicht so gut geklappt gestern«, sage ich zu ihm, doch natürlich gibt mir der Stern keine Antwort. Und ich bin mir ja auch bewusst, dass es ganz schön albern ist. Ich seufze. »Aber weißt du was? Ich habe dich in diesem Schaufenster gesehen. Es wäre wirklich nett von dir, mich nicht zu verfluchen.«

Mit einem Mal ist mir, als würde der Stern nun besonders hell funkeln. »Mal unter uns«, frage ich, »war das dein Plan? Dass ich diesem Kerl begegne? Und soll ich mich bei ihm entschuldigen?«

Langsam begreife ich, dass ich wohl deshalb mit dem Stern rede, weil ich in der Tat ein schlechtes Gewissen habe. Nicht, weil Theresa mich mit ihrem Geschwätz über den Weihnachtsfluch veräppelt hat, sondern weil ich mich so blöd benommen habe und dann auch noch weggerannt bin. Natürlich war das nicht okay. Und na ja, man spricht doch immer vom Karma – da habe ich gestern nicht wirklich Karmapunkte gesammelt.

Was mache ich denn jetzt?

Ja, was ich getan habe, war nicht richtig, das weiß ich. Aber ich werde diesen Kerl sowieso nie wiedersehen, also hilft es jetzt auch nichts. Und wenn ich mich entschuldigen sollte, was ist, wenn er meine Entschuldigung nicht annimmt und mich am Ende doch anzeigt? Ein letztes Mal hebe ich den Blick zum Himmel. Der Stern wird mir keine Antwort geben.

Ich bin müde, und meine einzige Hoffnung ist, dass der morgige Tag besser wird.

Der Lebkuchenmann

»Hallo, Engelchen, wie schön, dass ich dich erreiche«, ruft meine Oma am nächsten Morgen ins Telefon, und ich muss lächeln. Meine verrückte, liebe Oma, für die ich immer ein Engel bin, egal, was ich tue. »Wie war es denn am Freitag bei der Eröffnung des Christkindlesmarkts?«, will sie wissen.

Ich seufze. Was soll ich darauf antworten? Noch immer könnte ich vor Müdigkeit einfach umfallen, obwohl ich in der vergangenen Nacht so viel geschlafen habe. Und mein schlechtes Gewissen ist auch nicht weniger geworden.

»Sagen wir mal so«, beginne ich zögernd, »es war anders als erwartet.« Und das ist nicht mal gelogen. Kurz überlege ich noch, ob ich ihr überhaupt davon erzählen soll. Doch auf einmal sprudelt es einfach aus mir heraus, und ich rede mir alles von der Seele.

Oma hört geduldig zu. Hin und wieder gibt sie ein »Oh!«, »Ach herrje!« oder »Na also!« von sich, ansonsten lauscht sie stumm allem, was ich ihr zu berichten habe.

»Seitdem fühle ich mich echt mies«, sage ich, als ich mit meinen Schilderungen fertig bin. »Ich weiß, es war nicht okay, aber jetzt ist es nun mal so. Es ist einfach alles doof gelaufen.«

»Hm, das klingt wirklich etwas verzwickt«, meint sie nachdenklich. »Und gespuckt hast du dann auch noch, Engelchen? Allmächtiger. Doch jetzt alles auf den Stern zu schieben, ist auch nicht fair.«

Ich nicke, was jedoch absolut keinen Sinn macht, weil sie mich durchs Telefon ja nicht sehen kann. »Aber ich schiebe doch gar nicht alles auf den Stern. Irgendwie war ich sentimental, weil wir ihm ja früher immer Wünsche geschickt haben. Und dann kam auch noch Theresa mit ihrer Idee an, dass ich dem Stern noch mal einen Wunsch schicken und den Brauch wieder aufleben lassen soll. Nicht nur, dass alles superpeinlich war, jetzt bin ich auch noch arbeitslos. Doch daran bin ich selbst schuld.«

Sie lacht. »Peinlich? Ach herrje, was ist schon peinlich? Und du hast den Brauch geliebt. Das mit den Wünschen hat dir immer Spaß gemacht.«

»Ja, als ich ein Kind war.«

»Irgendwie sind wir doch alle für immer Kinder. Denk mal darüber nach.«

Vielleicht hat sie recht.

»Oma, ich weiß nicht ... Was soll ich denn jetzt tun?«

»Nun mach dich nicht verrückt. Und dieser Stern, na ja, er wird schon nichts Böses im Sinn haben. Ein bisschen Chaos ist doch normal im Leben. Es ist jedenfalls gut möglich, dass der Stern dich dort hingeführt hat, weil es so sein sollte. Hab mal ein bisschen mehr Vertrauen«, sagt sie jetzt auch noch.

»Ach, Oma, echt jetzt?«

»Natürlich, der Weihnachtsstern ist nun mal magisch. Mal sehen, warum das alles passiert ist. Und dass du dir jetzt mal wieder was gewünscht hast, ist doch schön.«

»Es hat aber auch schon früher nie was geholfen«, gebe ich zu bedenken.

»Ach du! Hast du damals die Puppe bekommen, die du dir gewünscht hattest?«

»Nein!«

»Nicht? Mittlerweile solltest du darüber aber schon hinweg sein.«

»Oma!«

»Jaja, wie auch immer. Jetzt ist es vielleicht noch etwas unangenehm, aber das geht vorbei. Und wenn wir schon beim Thema Puppen sind: Der Freddy hat also eine andere Puppe?« Ich höre ihrer Stimme an, dass sie grinst.

»Ja, er hat mich wohl die ganze Zeit schon betrogen.«

»So ein Mistkerl. Ihm soll ein langer, hässlicher Bart wachsen. Oder besser noch: Dein pieselndes Reh soll ihn verfolgen.«

Kurz muss ich lächeln, weil ich Freddy das mit den pieselnden Rehen ja auch geschrieben habe. Doch dann wird mir wieder die Tragweite dessen bewusst, was ich vorgestern angerichtet habe. »Ich gehe nie wieder aus dem Haus«, jammere ich. »Ich habe mich so blamiert. Und am Ende findet mich der Kerl, dessen Schaufensterscheibe ich angeschmiert habe. Was dann? Theresa meint ja, ich soll mich bei ihm entschuldigen, aber ich weiß nicht …«

Jede andere Oma wäre wohl schockiert über das, was ich ihr alles erzählt habe, doch meine Oma nicht. »Also noch mal. Ja, das war nicht so schlau von dir. Aber wenn es so sein soll, begegnet ihr euch schon wieder, davon bin ich überzeugt. Jetzt hinzugehen … wobei, du könntest ihm ja auch einen Brief schreiben. Und eventuell ein bisschen Geld reinpacken für die Reinigung der Scheibe.«

»Das wäre wirklich keine schlechte Idee«, überlege ich. »Allein schon wegen des Karmas. Vielleicht würde ich mich echt etwas besser fühlen, wenn ich nicht mehr auf der Flucht wäre, sondern nur ein arbeitsloser Single.«

»Ach papperlapapp, vergiss die Arbeit«, ermahnt Oma mich. »Wir Sternhagels sind nicht arbeitsscheu. Du wirst sehen, du findest schnell wieder was, mein Engel. So, und jetzt ziehst du dich an und begleitest mich zu Regina zum Adventskaffee. Du hast doch daran gedacht, oder?«

Mist. Die Kaffeerunde am Sonntag bei Omas Freundin. Und heute ist ja Sonntag.

»Also, ja … nein, ich … ich hatte heute eher den Plan, hier sitzen zu bleiben und mich weiter zu bemitleiden. Ich will echt nicht raus.«

Oma lacht lauthals. »Sicher nicht! Diesen Plan kannst du vergessen.«

Okay, es ist lieb gemeint, aber ein Adventskaffee – ach ne, das muss nicht sein.

»Ich muss mich doch schon mal auf die Suche nach einer neuen Stelle machen, Oma. Und ich sollte auch den Brief an diesen Kerl mit dem Schaufenster schreiben und …«

»Nichts da«, unterbricht sie mich, »du kommst mit. Regina will mir heute nämlich ihren Enkel vorstellen. Der soll ja so toll und attraktiv und gebildet sein … Pffff.«

»Und was habe ich damit zu tun?«

»Na, wenn ich dich dabeihabe, sieht dieser Enkel alt aus. Ich möchte mit dir angeben! Immer will sie in allem besser sein als ich.«

Ich lache. Daher weht also der Wind. »Ihr und euer ständiger Konkurrenzkampf. Hört das denn nie auf? Wie wäre es mal mit Teamarbeit?«

»Mal sehen«, antwortet sie mit einem kurzen Glucksen.

»Und du meinst wirklich, du kannst mit mir angeben, Oma?« Echt jetzt? Was soll das denn bitte für eine verrückte Idee sein?

»Sie redet doch andauernd von ihm. Nikolai hier, Nikolai da. Und was er alles kann … Diese Angeberin. Was sie kann, kann ich schon lange. Du bist auch toll.«

»Aber ich habe nichts, mit dem du angeben kannst«, wende ich ein. »Ich bin Single und arbeitslos, das ist nichts zum Vorzeigen.«

Doch Oma lässt nicht locker. »Kindchen, du hast so schöne Augen, wirklich ungewöhnlich schön. Und du bist herzensgut, ein richtiges Engelchen …«

Ich verdrehe die Augen. »Herzensgut, klar. Oma, ich habe vorgestern eine Schaufensterscheibe beschädigt, war betrunken und habe mich unmöglich benommen. So viel zum Thema Engel. Ich war sternhagelvoll.«

»Der Name ist nun mal Programm. Aber es tut dir doch schrecklich leid, und du denkst dauernd darüber nach, ja?«

»Ja, schon …«

»Und du bist Single – na und! Du nennst es Single und arbeitslos und findest es schlimm. Ich nenne es freiheitsliebend, flexibel und lebenshungrig. Also, was sagst du?«

»Ach, Oma«, murre ich.

»Hör jetzt endlich auf zu jammern. Außerdem musst du mir helfen, meine Tasche zu tragen. Dieser Nikolai ist Lebkuchenbäcker, hat wohl einen Laden hier in Nürnberg und macht angeblich ganz gute Sachen. Da werde ich ein bisschen was einpacken.«

Ich atme tief durch. Im Moment fühle ich mich weder geistig noch körperlich in der Lage, diesen Adventskaffee durchzustehen. Doch ich kenne meine Oma, gegen sie habe ich sowieso keine Chance.

Und so gebe ich schließlich nach. »Na gut, ich komme mit.«

»Super. Und zieh diesen schönen Rock an, ja? Aber nicht den blauen, den du andauernd trägst, sondern den roten. Also dann, bis später!«

»Gerdi, das ist aber nett, dass du endlich mal deine Lilli mitgebracht hast!«, ruft Regina uns lautstark entgegen, als sie die Haustür öffnet. Vielleicht hat sie ja vergessen, ihr Hörgerät anzulegen? Sie sieht mich lächelnd an. »Hallo, du Liebe, wie schön, dich mal kennenzulernen. Ach, und dieser Rock ist ja hübsch, so schön rot – beinahe wie eine Rentiernase.«

»Lele, sie heißt Lele, du altes Senilchen«, korrigiert meine Oma sie prompt.

»Ja, richtig.« Regina winkt uns mit einer ausladenden Handbewegung hinein. Sie trägt ein cremefarbenes Kleid mit viel Glitzer, in dem sie aussieht wie eine Weihnachtskugel. Die Rundungen ihres Körpers tun ihr Übriges, um diesen Eindruck noch zu verstärken.

»Hallo, Regina, freut mich auch«, sage ich.

»Ist sie nicht bezaubernd?«, fragt Oma. Ihre Stimme trieft vor Stolz, und ich fühle mich wie eine Kuh, die auf dem Viehmarkt vorgeführt wird.

»Aber wie.« Regina reibt sich die Hände. »Ich hoffe, ihr habt Lebkuchenhunger und Kaffeedurst mitgebracht?«

Oma lacht. »Klar. Wenn ich was habe, dann immer Hunger.«

»Wunderbar. Also kommt mal rein, die anderen warten schon.«

Oma und ich folgen ihr in das kleine Häuschen. Es geht durch einen schmalen Flur und von dort ins Wohnzimmer, wo bereits einige Damen und Herren am Tisch sitzen und uns neugierig entgegenblicken.

»Schaut mal, Gerdi ist gekommen mit ihrer Enkelin Lele«, sagt Regina nun in die Runde. Ich muss feststellen, dass ich den Altersdurchschnitt gewaltig senke. Aber gut, mir soll es recht sein.

Nachdem Regina mich vorgestellt hat, inspiziere ich zusammen mit Oma das Gebäckbuffet.

»Hast du den Willi gesehen? Der ist ja ganz begeistert von dir«, höre ich mit einem Mal Reginas Stimme dicht an meinem Ohr.

Ich sehe in die Richtung, in die ihr Finger zeigt. Mein Blick trifft auf einen weißhaarigen Herrn mit Schnauzbart, der mich breit angrinst. »Ähm, ja«, entgegne ich nur. Was soll ich auch sonst sagen?

»Das sieht aber gut aus«, flüstert Oma mir zu, als Regina sich wieder den anderen Gästen widmet. »Hast du die Tupperschüsseln parat?«

»Ja, Oma. Aber vielleicht sollten wir erst mal abwarten, was übrig bleibt, bevor du anfängst, alles einzupacken.«

Sie winkt ab und legt sich bereits einige Gebäckstücke auf den Teller, wobei *legen* nicht der richtige Ausdruck ist. *Aufhäufen* trifft es wohl eher.

Als wir zu den Getränken kommen, fragt sie: »Kaffee?«

Ich nicke. »Ja, du auch?«

»Klar, aber den richtigen.« Sie zwinkert mir zu, und ich kann mir schon denken, was sie meint.

»Oma, es ist kurz nach Mittag. Und aus dem Thema bin ich sowieso raus, nie wieder.«

Sie lacht. »Ja, nie wieder, schon klar. Also?«

»Mach erst mal du, ich probiere dann bei dir.«

Nachdem ich uns beiden Kaffee eingegossen habe, kippt Oma noch einen kräftigen Schuss Likör in ihre Tasse.

Schließlich setzen wir uns zu den anderen. Es ist eine ganz gesellige, entspannte Runde, und ich bin nun doch froh, mitgekommen zu sein. Die älteren Herrschaften geben Anekdoten aus ihrem Leben zum Besten, was zugegeben recht unterhaltsam ist.

Aber als ein gewisser Eddi irgendwann zum dritten Mal von seiner Darmoperation erzählt, beschließe ich, mir noch etwas Nachschub vom Buffet zu holen.

»Ah, da ist er ja endlich, mein Enkel Nikolai«, tönt Reginas Stimme durch das Zimmer, während ich dabei bin, mir ein paar Lebkuchen und Zimtsterne auf den Teller zu legen.

Ich bin schon gespannt, wie dieser superperfekte Nikolai aussieht. Also drehe ich mich zur Tür – und mein Herz setzt für einen kurzen Moment aus. Der Kerl, der gerade den Raum betritt, ist kein Geringerer als der Typ mit dem Laden, dem ich vorgestern beinahe vor die Füße gekotzt habe, der alles andere als begeistert war, weil ich seine Scheibe beschmiert hatte, und der mir die Polizei auf den Hals hetzen wollte.

Das darf doch nicht wahr sein.

Oma steht mit einem Mal neben mir und sieht mich fragend an. »Alles gut? Du wirkst etwas blass.«

»Oma, ich muss hier weg, das ist der Kerl …«

»Der Kerl? Was für ein Kerl?«

»Zu dem der Stern mich geführt hat, dessen Scheibe ich beschmiert habe.«

»Oh!« Sie hält sich eine Hand vor den Mund und reicht mir mit der anderen ihre Kaffeetasse. »Hab ich nicht gesagt, ihr begegnet euch wieder, wenn es so sein soll? Hier, trink, dann geht's dir schnell besser. Und iss etwas.«

Hastig greife ich nach der Tasse, kippe einen großen Schluck in mich hinein und beiße schließlich in einen der Lebkuchen. Oh Mann, sind die gut, denke ich noch, dann stehen die beiden schon vor uns.

»Lele, Gerdi, darf ich vorstellen: mein Enkel, mein Prachtjunge, mein Nikolai«, sagt Regina mit einem breiten Strahlen im Gesicht.

Ich schlucke. Der Kerl ist tatsächlich Reginas Enkel? Das ist doch mehr als verrückt.

»Hallo.« Nikolai nickt Oma lächelnd zu, während ich ihn verstohlen betrachte: seine hellen Haare, die graublauen Augen … Dazu klopft mein Herz ein bisschen zu schnell. Oh Gott.

Oma lächelt zurück und streckt ihm die Hand entgegen. »Sehr erfreut, ich bin Gerdi. Und das hier ist alles von Ihnen, Nikolai? Sie müssen ja in Ihrer Backstube die ganze Nacht durchgearbeitet haben.«

Er winkt ab. »Ach, das war keine große Sache, ich habe einfach etwas mehr produziert. Außerdem sind wir im Moment mit Backwaren sowieso gut bestückt.«

»Stimmt ja, ich habe schon viel über Sie gehört …« Oma grinst ihn auffällig an. Was soll das denn jetzt? Sie soll sich doch nichts anmerken lassen!

»Nikolai hat ein Café mitten in der Stadt, wobei es eher eine Lebkuchenwerkstatt ist. Ein sehr beeindruckendes Geschäft voller Tradition, schon sein Ururgroßvater beherrschte das Handwerk perfekt. Ich bin so stolz, dass es geklappt hat. Er hat den Laden vor ein paar Monaten übernommen, und er läuft so gut«, höre ich Regina schwärmen, während ich überlege, wie ich am besten der Situation entkomme. Wobei Nikolai nicht unbedingt den Anschein macht, als würde er mich erkennen. Vielleicht tut er das ja wirklich nicht.

»So ein Laden war einfach schon immer mein Traum«, erklärt er.

»Das ist toll.« Oma nickt anerkennend. »Also, meine Lele hier«, sie legt mir die Hand auf die Schulter, »hat auch immer viele Träume. Weißt du noch, Liebes, wie du dir immer gewünscht hast, etwas zu tun, mit dem du die Menschen glücklich machst?« Strahlend blickt sie in die Runde. »Sie ist ja so ein Engel.«

Schnell beiße ich noch mal in den Lebkuchen. Warum macht sie jetzt Nikolai auch noch auf mich aufmerksam? Und was soll das Gerede, dass ich ein Engel bin?

»Ein Engel also, soso.« Seine Mundwinkel zucken. Okay, er erkennt mich, ich bin geliefert. »Schmeckt's?«, fragt er und deutet auf den Lebkuchen in meiner Hand.

Doch Oma redet schon weiter. »Absolut. Ein Engel. Gerade sucht sie allerdings etwas Neues. Leider hat das mit ihrem bisherigen Job nicht so geklappt, nicht wahr, Lele? Jedenfalls ist sie sehr vielfältig einsetzbar und war auch schon im Verkauf tätig.«

Mit einem Mal wird mir klar, was sie vorhat. Ganz toll, wie ich hier angepriesen werde. Scharf sehe ich Oma an, und sie wirft mir ebenfalls einen merkwürdigen Blick zu.

Nikolai mustert mich kurz, aber in seiner Miene ist keine Regung zu sehen. Okay, vielleicht erkennt er mich doch nicht, schließlich war es in dieser engen Gasse, in der sich sein Laden befindet, ziemlich dunkel. Ja, hoffentlich erkennt er mich nicht. Bitte, bitte …

»Schon gut«, wehre ich ab. »Sie übertreibt, ich bin nicht …«

»Du bist ja so bescheiden. Wenn deine Oma sagt, dass du ein Engel bist, wird das schon stimmen.« Auf einmal breitet sich ein Grinsen auf seinen Lippen aus. Mist, er erkennt mich wohl doch.

Verdammte Weihnachtszeit. Und er sieht auch noch verdammt gut aus.

Was denke ich denn da?

Er reicht mir die Hand, und ohne dass ich es will, kribbelt es in meinem Bauch. Und mein Herz … reden wir besser nicht drüber. Ich glaube, es ist schlichtweg überfordert.

»Freut mich sehr, Engelchen Lele, das klingt ja alles sehr interessant.«

Oma lässt immer noch nicht locker. »Meine Lele liebt es, mit Menschen zu arbeiten. Kreativ war sie auch schon immer. Also falls Sie jemanden brauchen?«

Sosehr ich meine Oma liebe, aber gerade könnte ich sie erwürgen.

Er nickt. »Sehr gut. Wenn du gern mit Menschen arbeitest – ich bräuchte tatsächlich jemanden für den Verkauf. Bei mir herrscht im Moment ein bisschen Chaos. Ich hatte vorgestern Abend einen kleinen Zwischenfall vor meinem Laden, da hat mir jemand die Schaufensterscheibe beschmiert. Eine blöde Sache. Dazu ist auch noch meine bisherige Verkäuferin ausgefallen. Hilfe wäre also nicht schlecht. Wie sage ich immer so schön? In meinem Laden kann ich nie genug Engel haben.«

»Meine Lele ist wirklich sehr hilfsbereit«, kommt es schon wieder von Oma. Merkt sie denn nicht, was hier passiert? Anscheinend nicht.

Aber ich habe längst verstanden. Er hat mich erkannt. Definitiv. »Ähm, nein, ich ...«

»Doch, doch, Lele.« Oma dreht mich am Arm zu sich und sieht mich eindringlich an. »Das ist doch perfekt.«

Nikolai zieht sein Handy aus der Tasche seiner Jeans. »Prima, dann sollten wir auf alle Fälle unsere Telefonnummern tauschen.«

Na klar, Nummern tauschen. Ich werde ihm sicher eine falsche Nummer geben, darauf kann er seinen ach so tollen Laden verwetten. Wenn da nur nicht sein hübsches Grinsen und diese Grübchen wären ...

Was ist nur los mit mir?

Als Krönung der ganzen Misere mischt meine Oma sich ein weiteres Mal ein, indem sie nach Nikolais Handy greift. »Ich mache das mal lieber, wenn es recht ist.«

Mir ist völlig neu, dass Oma Telefonnummern ins Handy eintippen kann. Ich sehe sie an, versuche, ihr ein Zeichen zu geben, irgendwas, damit sie versteht, dass ich das absolut nicht will.

Aber sie ist bereits fertig und reicht Nikolai das Handy zurück. »Bitte schön, freut mich sehr. Na, Regina, ist es nicht ein unsagbares Glück für deinen Nikolai, dass es meine Enkelin gibt?«

Polizei oder putzen – das ist die Frage

»Hier ist Radio Heaven, und heute sprechen wir über das Thema Vergebung, das gerade in der Weihnachtszeit besonders präsent ist. Denn darum geht es in dieser Zeit doch auch, oder? Aber jetzt kommt erst mal ein Song der Band Himmlisch: *Folge dem Stern, und du kommst ans Ziel.*«

Bitte? Meinen die das ernst? Entrüstet blicke ich zu meinem Autoradio. Ach ja, mein geliebter Sender wird ja immer am Sonntag für ein paar Stunden zu einem Kirchenradio. Ich muss zugeben, dass mich die Worte, die der Moderator gerade von sich gegeben hat, mit voller Wucht treffen. Und warum? Weil ich weiß, dass ich Mist gebaut habe.

Und dann dieses ganze Theater heute bei Regina. Oma wusste das alles und hat mich trotzdem an Nikolai verkauft. Zumindest fühlt es sich irgendwie so an. Danach habe ich sie mir natürlich zur Brust genommen. Sie meinte dann, dass es doch was Gutes hätte. Es sollte wohl so sein, und sie wollte mir nur helfen. Oh Mann, ich muss unbedingt Theresa anrufen.

»Kannst du dir das vorstellen? Der Kerl kam einfach so ins Wohnzimmer«, sage ich, als ich eine Viertelstunde später zu Hause bin und Theresa am Telefon habe. »Und was macht meine Oma? Die vermittelt mich auch noch an ihn. Danach meinte sie allen Ernstes, dass es vielleicht so sein sollte. Bitte?«

Zur Antwort bekomme ich Theresas helles Lachen. So lustig finde ich das allerdings nicht.

»Aber er hat nicht mehr gesagt, oder?«, fragt sie nun. »Wer weiß, ob da noch was kommt, mach dir mal nicht so viele Gedanken. Und ganz ehrlich, vielleicht sollte es ja echt so sein. Ich meine, es sieht tatsächlich ein wenig wie ein Wunder aus.«

Ich schüttle den Kopf. Von wegen Wunder. Eine Katastrophe ist das, ein Chaos. Aber was, wenn Theresa vielleicht doch recht hat? Gut, jetzt ist es eben so, wie es ist.

»Eines ist sicher, ich gehe da auf keinen Fall hin«, sage ich.

»Oder du lässt dich einfach mal drauf ein.«

Im Hintergrund höre ich Herbert rufen. Er wartet schon auf Theresa, weil die beiden noch ein Adventskonzert in einer Kirche besuchen wollen. Wir werden uns also kürzer fassen müssen als üblich. Auf ein ausschweifendes Mädelsgespräch mit meiner besten Freundin muss ich heute wohl oder übel verzichten.

Und so beschließe ich, mich nachher gemütlich auf mein Sofa zu setzen und mir einen Film anzusehen, der absolut nichts mit Weihnachten zu tun hat. Ich habe ja heute bei Regina bereits die volle Weihnachtsdröhnung abbekommen, weshalb ich jetzt absolut keine Lust mehr darauf habe.

»Aber erzähl mal, wie ist es bei dir?«, will ich doch noch wissen. So viel Zeit muss sein.

»Ja, ist ganz schön. Wir sind in einer gemütlichen Pension und haben so zumindest die Möglichkeit, zu fliehen, wenn es in Sachen Familie zu viel wird. Aber gleich bei dem Konzert sind natürlich alle mit von der Partie.«

Während ich ihre Antwort lapidar mit »Na, das ist ja was« kommentiere, piept mein Handy. Ich stelle Theresa kurz auf laut und rufe die eingegangene Nachricht auf.

Nikolai: *Ich schlage einen Deal vor. Zeit zum Telefonieren? LG Nikolai*

Für einen kurzen Moment setzt mein Herz aus, und ich muss dringend Luft holen. »Er hat mir gerade geschrieben.«

»Ehrlich? Und was?«

»Er schlägt mir einen Deal vor.«

»Wie bitte?« Theresa kichert.

»Ja, das steht da. Und er will mit mir telefonieren.«

»Oh. Hör dir doch einfach an, was er zu sagen hat. Wir müssen jetzt eh los. Schreibst du mir dann?«

»Alles klar, mach ich, bis später.«

Nachdem wir aufgelegt haben, starre ich die Nachricht noch eine Weile an. Einen Deal? Nein, ich will einfach … meine Ruhe.

Weil es mir dann doch keine Ruhe lässt, schreibe ich trotzdem zurück:

Ich: *Einen Deal? Inwiefern?*

Ich schicke die Nachricht ab und warte. Die beiden Häkchen werden blau, und gleich darauf sehe ich, dass Nikolai schon wieder schreibt.

Nikolai: *Dafür sollten wir ja telefonieren. Oder willst du dich treffen?*

Bitte was? Natürlich will ich mich nicht mit dem Kerl treffen! Wer weiß, was er vorhat. Womöglich würde er mich doch der Polizei ausliefern.

Ich: *Nein! Und Telefonieren passt auch nicht so. Also, was ist der Gedanke deines Deals?*

Die Antwort folgt prompt:

Nikolai: *Telefonieren passt immer. Ich rufe dich jetzt an.*

Keine Sekunde später klingelt mein Handy. Was bleibt mir jetzt anderes übrig, als ranzugehen?

Ich räuspere mich. »Ja?«

»Hallo. Lele, nicht wahr? Oder soll ich dich *Engel* nennen? Na, gut nach Hause gekommen, ohne irgendwas zu beschädigen?«

Sehr witzig.

»Was willst du?« Ich merke, dass ich leicht säuerlich klinge, was ihm ebenfalls nicht verborgen bleibt.

»Wow. Ich denke, du hast wirklich keinen Grund, sauer auf mich zu sein«, antwortet er. »Immerhin habe ich heute vor den anderen nichts gesagt. Du weißt genau, was ich meine. Und deine Oma war so süß! Wusste sie davon?«

Mist, erwischt.

»Ja, sie wusste davon, aber … egal.«

»Soso, das dachte ich mir schon. Aber mal was ganz anderes: Wie geht es denn der kleinen Maria?«, setzt er noch obendrauf. »Dem armen Kind, das du allein großziehen musst.«

»Sehr witzig. Also schön, kommen wir zum Punkt. Was willst du?«, frage ich noch einmal.

»Nun, was du getan hast, war ganz klar Sachbeschädigung. Aber wie gesagt, ich will dir einen Deal anbieten und dir helfen. Wenn ich mich nicht irre, suchst du gerade Arbeit, oder? Du kannst bei mir anfangen. Damit könntest du die Sache wiedergutmachen und ohne eine Anzeige davonkommen.«

»Eine Anzeige?«

»Das sollte dich jetzt doch nicht wundern, oder? Also, mein Deal lautet: Ich brauche gerade eine Aushilfe, und du könntest sozusagen dein Vergehen abarbeiten. Also, was meinst du?«

Ja, was meine ich? Dass es eine mehr als bescheuerte Idee ist.

»Umsonst etwa?«, hake ich nach.

Er lacht. »Also entschuldige mal, aber du hast meine Scheibe beschmiert. Weißt du, was es für eine Arbeit war, die sauberzumachen? Zudem hast du vor mein Geschäft gekotzt, das musste ich auch beseitigen, eine ziemlich eklige Angelegenheit. Wenn du also wissen willst, ob du umsonst bei mir arbeiten sollst, dann sage ich: Ja, natürlich! Aber wenn du das nicht möchtest, werde ich es einfach der Polizei melden, und wir regeln die Sache auf diesem Wege. Ich dachte nur, ich komme dir entgegen, weil unsere Großmütter befreundet sind. Und weil ja bald Weihnachten ist, das Fest der Liebe und der Vergebung.« Seiner Stimme höre ich an, dass er grinst.

Das gefällt ihm wohl. So ein Blödmann.

»Erpresst du mich etwa? Erstens waren es nur ein paar Linien, die ich danebengemalt habe. Und zweitens: Ja, ich musste kotzen, aber das ist noch lange kein Grund für eine Anzeige. Ich glaube, du versuchst gerade, mich auszunutzen«, entgegne ich entschieden. »Das ist übrigens auch strafbar.«

»Aber Lele, das ist doch keine Erpressung.«

Einen Moment überlege ich noch. Ich könnte es schon drauf ankommen lassen, er hat schließlich keine Beweise. Doch eine Anzeige würde sich wohl nicht besonders gut machen, vor allem, weil ich mir ja einen neuen Job suchen muss. Wobei er mich wegen dieser Sache überhaupt nicht anzeigen kann – oder doch? So ein verdammter Mist. Ich seufze leise und decke dabei das Mikrofon mit der Hand ab, damit Nikolai es nicht hören kann. Dann stehe ich auf und gehe zum Fenster. Draußen ist es bereits dunkel - und ach, wen sehe ich da? Den Stern.

Ganz klasse, lieber Stern. Ich soll also für einen Tyrannen arbeiten. Ein toller Plan.

Wahrscheinlich hat Nikolai inzwischen aber gemerkt, dass er mit seiner Forderung über das Ziel hinausgeschossen war, denn zu meiner Überraschung macht er mir nun einen neuen Vorschlag: »Okay, dann nur ein paar Tage umsonst. Wenn alles passt, stelle ich dich ein, ich bin ja kein Unmensch. Was sagst du dazu?«

Das klingt doch schon besser. Und prompt scheint der Stern kurz aufzublitzen. »Also schön, wann soll ich kommen?«, lenke ich ein.

»Du kannst morgen früh anfangen. Wo mein Laden ist, weißt du ja. Ich würde sagen, um acht. Passt das?« Er lacht. »Also keinen Schnaps heute, Fräulein Sternhagel.«

Idiot! Was ist daran so lustig?

»Gut, also dann ...«

»Super, ich freue mich sehr auf die Zusammenarbeit. Und es muss auch geputzt werden, das versteht sich von selbst, oder?«

»Hmm«, murmele ich nur noch, dann lege ich auf.

Ahhhh! Freuen, von wegen. Klar, er wird seinen Spaß damit haben, mich herumzukommandieren und zu ärgern, mich mit seinen Spitzen zu treffen. Wunderbar.

Kann man eigentlich Sterne vom Himmel schießen?

Ich lasse mich zurück aufs Sofa fallen und starre erneut aus dem Fenster. Der Stern leuchtet noch immer hell.

Ja, super. Vielen Dank auch. Das ist also der Plan?

Falls dem so ist, dann ist dieser Plan total bescheuert. Aber gut, ich habe keine Wahl. Polizei oder putzen, das ist hier die Frage.

Lebkuchen bringen Liebe

»Und du bist also doch hingefahren? Angst vor dem Fluch des Sterns?«, fragt Theresa. Während ich vor Nikolais Geschäft stehe und mich umsehe, habe ich sie wieder mal am Telefon.

»Hahaha, was hätte ich denn anderes tun sollen?«, entgegne ich und schiele durch das Schaufenster ins Innere des Ladens.

Sauber ist die Scheibe jetzt, und es klebt auch kein Plakat mehr daran. Im Gegenteil, das Schaufenster ist wirklich geschmackvoll dekoriert. Drinnen sieht es auf den ersten Blick gemütlich und einladend aus. Ein schönes Geschäft, das muss ich sagen. Es ist mir noch nie so richtig aufgefallen, dabei liebe ich ja Läden, die diesen Charme der alten Zeit versprühen. Über der schweren Tür aus dunklem Holz prangt ein Schild, auf dem in zartem Rosa der Name *Nikolais Lebkuchenwerkstatt* steht, zudem sind Elisenlebkuchen und ein Lebkuchenherz aufgemalt.

»Der Deal ist doch ganz okay«, meint Theresa, »das musst du schon zugeben.«

»Mal sehen. Wenn er aber glaubt, er könnte gemein sein und den Feldwebel herauskehren, dann kann er das Ganze vergessen. So wie am Telefon, da hat er mich in einem fort veräppelt.«

»Klar, das muss er wirklich nicht machen. Aber nur mal so unter uns, du hattest ihm ja schon ein paar Vorlagen geliefert, die er dann irgendwie auch nutzen musste. Und wie wäre es von deiner Seite mal mit einer ehrlichen Entschuldigung gewesen?«

»Hm, ja, vielleicht. Ach, ich weiß auch nicht. Dieser Nikolai machte mir nicht den Eindruck, als ob ihm das gereicht hätte. Oh Mann, ich hoffe wirklich, dass ich jetzt nicht von diesem Tyrannen herumgeschubst werde. Ich sage es dir, der macht nur auf nett, der hat es faustdick hinter den Ohren.«

Sie kichert. »Ach, wenn er tatsächlich so fies wäre, dann hätte er ganz anders reagiert.«

Ich atme tief ein und aus. »Mal sehen, wie es jetzt hier wird. Das Geld kann ich natürlich schon gebrauchen.«

»Wie lange sollst du eigentlich für ihn arbeiten?«

»Er meinte, erst ein paar Tage umsonst, und wenn alles passt, stellt er mich ein. Aber wer weiß, ob ich überhaupt hierbleiben will.«

»Jetzt lass es doch mal auf dich zukommen, vielleicht findest du es am Ende sogar ganz toll. Du kannst in der Weihnachtszeit in einer Lebkuchenwerkstatt arbeiten. Das ist doch besser als die Arbeit im Callcenter, oder? Und überhaupt solltest du damit aufhören, immer das Schlechteste zu erwarten. Immerhin kennst du Nikolai ja gar nicht. Und ich muss sagen, der Deal ist wirklich in Ordnung.«

Wenn man vom Teufel spricht … Exakt in diesem Moment entdecke ich Nikolai durch die Schaufensterscheibe. Er trägt eine helle Schürze, die Haare sind leicht verwuschelt. Mit schnellen Schritten durchquert er den Verkaufsraum und öffnet keine Sekunde später die Ladentür. Als er mich sieht, grinst er, und ich merke, wie angespannt ich bin. Wieder klopft es heftig in meiner Brust.

»Ich muss dann mal Schluss machen, er ist da«, sage ich zu Theresa. »Wir hören uns später, okay?« Ohne eine Antwort abzuwarten, drücke ich das Gespräch weg und lasse das Telefon in meiner Handtasche verschwinden. Während ich auf Nikolai zugehe, straffe ich die Schultern und versuche, meine Stimme so fest wie möglich klingen zu lassen. »Hey.«

»Ah, guten Morgen, meine liebe neue Mitarbeiterin.« Mit einer Handbewegung deutet er ins Innere des Ladens. »Willkommen in meiner kleinen Lebkuchenwerkstatt.«

Ich rolle mit den Augen, was er jedoch nicht mitbekommt, da er sich schon wieder von mir abgewandt hat. Mir bleibt nichts anderes übrig, als ihm zu folgen.

Kaum habe ich den Laden betreten, strömt mir ein wirklich köstlicher Duft in die Nase. Es riecht nach frischem Gebäck, Vanille, Zimt, Lebkuchen … einfach nach Weihnachten.

»Hier werden Träume wahr«, erklärt Nikolai, »und Herzen sprechen die Sprache der Liebe. Ob

Zucker oder Schokolade, was das Herz begehrt, wird alles verzehrt.«

Echt jetzt, beginnt er nun auch noch zu reimen?

»Okay«, antworte ich nur, während ich meinen Blick schweifen lasse.

»Gefällt dir der Reim nicht? Soll ich lieber etwas vom pieselnden Reh erzählen? Das passt aber nicht so recht.«

Oh Mann, das kann ja heiter werden.

»Wie auch immer, komm herein.«

Der Verkaufsraum ist wirklich ansprechend eingerichtet, so wie ich es bereits von draußen vermutet habe. Runde Vierertische aus demselben dunklen Holz wie die Eingangstür sind im gesamten Raum verteilt. Ein Blickfang sind die dazu passenden Stühle mit gemusterten Sitzauflagen in Tannengrün und Nikolausrot. Die duftigen schneeweißen Gardinen sind mit kleinen Sternen in Gold und Silber bestickt.

Nikolai hat sich inzwischen hinter die Verkaufstheke begeben und blättert in irgendwelchen Papieren.

»Was bietest du eigentlich genau an?«, will ich wissen. »Allerlei Gebäck, das ist mir klar, aber was hat es mit der Werkstatt auf sich?«

Er sieht zu mir auf. »Wie der Name schon sagt, dreht sich bei uns in der Werkstatt alles um Lebkuchen. Wir gehen auf individuelle Kundenwünsche ein und stellen handgefertigte Lebkuchen her, aber auch Cupcakes, Keksvariationen und so weiter. Man kann sich alles zum Mitnehmen verpacken lassen, es jedoch auch gleich an Ort und Stelle verzehren. Warst du noch nie hier?«

»Nein, nicht wirklich. Ich kenne zwar praktisch alles in Nürnberg, aber hier war ich in der Tat noch nicht. Und du hast ja das Geschäft auch noch nicht so lange, oder?«

Mein Blick wandert über die vielen Leckereien, die hinter der blitzblanken Glasabdeckung der Theke und in den Regalen an der Wand dahinter ausgestellt sind. Prompt läuft mir das Wasser im Mund zusammen. Ich liebe Lebkuchen. Und Schokolade, Pralinen, liebevoll dekorierte Plätzchen …

»Nein, erst ein halbes Jahr. Früher war es mal eine ganz normale Bäckerei, die zuletzt meinem Großonkel gehörte. Als er sich zur Ruhe setzen wollte, habe ich mich entschieden, den Laden weiterzuführen, aber mit einem völlig neuen Konzept.«

»Okay, und was ist dieses Konzept?«

»Na, die Lebkuchenwerkstatt.« Er lacht kurz auf und deutet dann auf ein Fenster, durch das man in einen weiteren Raum sehen kann. Eine Handvoll Männer und Frauen in Bäckerkleidung und mit weißen Hauben auf dem Kopf werkelt dort eifrig an verschiedenen Tischen. Einer von ihnen schiebt gerade ein großes Blech in den Ofen. »Das ist die Backstube, wie du sicher unschwer erkennen kannst. Wir produzieren praktisch alle Arten von weihnachtlichem Gebäck, Kuchen und Torten, aber unsere Spezialität sind Nürnberger Lebkuchen und Lebkuchen mit Zuckerschrift in vielen verschiedenen Formen. Man kann sie sich ganz individuell mit einem Wunschtext versehen lassen. Besonders beliebt ist da natürlich das klassische Herz.«

Ich nicke. »Okay, und was soll ich jetzt hier machen? Die Scheibe am Schaufenster ist ja schon wieder sauber.«

Er legt nun seine Papiere beiseite und sieht mich an. »Du könntest zum Beispiel die Tische herrichten. Ich erkläre dir, was du da im Einzelnen machen musst. Und dann muss die Theke gewischt und alles eingeräumt werden, solche Dinge eben.« Er räuspert sich. »Eine meiner Verkäuferinnen ist unerwartet ausgefallen, und na ja, ich würde mal sagen, es war Glück im Unglück für mich, dass der Stern dich hierhergeführt hat und dass du meine Scheibe angeschmiert hast.«

Ah, so hat er sich das also gedacht. Gar nicht so dumm, der Kerl. Ich stemme die Hände in die Hüften. »So läuft der Hase also. Du erpresst mich und nutzt meine Notlage aus, weil du sowieso gerade einen personellen Engpass hast.«

Er grinst. »Ich frage mich, warum du immer von Erpressung und so sprichst. Dir ist schon bewusst, dass du etwas Unrechtes getan hast? Und entschuldigt hast du dich auch noch nicht so richtig. Sagtest du nicht, dass der Stern an allem schuld war?«

Oh Mann, wie peinlich. Ich lasse die Hände wieder sinken. Irgendwo hat er ja schon recht. »Ja, der Stern … Also gut, es tut mir wirklich leid. Aber …«

»Aber?« Er trommelt mit den Fingern gegen die Theke. »Pass mal auf, ich finde es mehr als fair, dass ich dir diese Chance gebe. Ich hätte dich verpfeifen können, doch das habe ich nicht getan. Stattdessen kannst du das, was du angerichtet hast, hier abarbeiten. Also?«

Ich atme tief durch. Warum sieht er mich so an? Im Endeffekt ist es tatsächlich fair. Trotzdem bin ich schon noch etwas genervt. Auch von meinem Herzen, weil es in Nikolais Nähe immer so heftig schlägt, warum auch immer.

»Na schön«, gebe ich schließlich nach.

»Gut, dann hätten wir das ja geklärt.« Er deutet auf die Auslage vor ihm. »Die muss dann auch noch befüllt werden. In die Gläser kommen die einfachen Lebkuchen und die Plätzchen, davor die Platten mit den Kuchen und in den Kühlbereich die Torten. Vorher solltest du aber erst mal die Tische wischen und natürlich auch die Theke. Das muss alles blitzblank sein. Was du dafür brauchst, findest du hier.« Er führt mich nach hinten in den Gang, der vom Verkaufsraum abgeht, dort öffnet er eine Schiebetür aus hellem Holz. »Das ist die Besenkammer, in dem großen Schrank dahinten sind alle Putzsachen. Ich richte inzwischen die Gebäckstücke her, mit denen du nachher die Auslage befüllst.« Mit zusammengekniffenen Augen mustert er mich, als wolle er sichergehen, dass ich alles verstanden habe, und reibt sich die Hände. »Also dann, legen wir mal los!«

Ich nicke nur. Mir bleibt ja gar nichts anderes übrig, als mich in mein Schicksal zu fügen. Ich hole das Putzzeug und wische zuerst alle Tische und dann die Theke. Wobei ich mich wirklich frage, ob das überhaupt notwendig ist. Die Glasscheiben der Theke sind bereits so was von sauber, dass sich das Licht der Lampen darin spiegelt.

Als ich damit fertig bin, richte ich die Waren, die Nikolai inzwischen bereitgestellt hat, in der Auslage an. Zufrieden betrachte ich mein Werk. Ich muss schon zugeben, diese Leckereien sehen allesamt sehr appetitlich aus: Vanillekipferl, Nussecken, Lebkuchen … Hätte ich diesen Laden unter anderen Umständen entdeckt, würde ich ihn wohl nicht so schnell wieder verlassen und hier Stammgast werden.

Ich sollte mich wirklich entschuldigen, denke ich mit einem Mal. Und ich merke, dass ich mich ganz schön zickig verhalte, dabei habe ich doch einen Fehler gemacht. Vielleicht bin ich ja so, weil ich diese Traurigkeit in mir spüre. Wegen Freddy, wegen allem. Und weil ich zurzeit dieses Gefühl habe, dass es jeder schlecht mit mir meint. Theresa hat schon recht, Nikolai scheint echt in Ordnung zu sein. Und wer so etwas wie diese Lebkuchenwerkstatt geschaffen und sich seinen Traum verwirklicht hat, kann doch nur ein netter Mensch sein.

Von irgendwoher höre ich Nikolais Stimme, und ich mache mich eilig auf den Weg in die Backstube, wo ich ihn vermute. Als ich die Backstube betrete, umhüllen mich augenblicklich Wärme und ein wohliger Duft. Nikolai steht an einem der Tische, vor sich ein Blech mit fertig gebackenen Lebkuchen in Herzform, in der Hand hält er einen Spritzbeutel. Okay, ich werde mich jetzt entschuldigen.

»Du hast dich also gleich ans Werk gemacht?«, frage ich jedoch zuerst und merke im selben Moment, wie überflüssig meine Frage war. Irgendwie möchte ich aber ein Gespräch beginnen.

»Jap«, antwortet er nur. Wahrscheinlich denkt er sich gerade das Gleiche.

»Und was ist das genau?«, frage ich weiter.

»Das sind die Lebkuchen mit den speziellen Wunschschriften. Viele Bestellungen bekommen wir online, manche Kunden rufen aber auch an oder kommen persönlich in den Laden.«

»Okay, und die Leute bestellen das wirklich?«

Ach, Lele.

Er schüttelt lächelnd den Kopf. »Nein, eigentlich nicht, ich produziere die nur mal auf gut Glück.«

Sehr witzig. Doch ich merke ja selbst, dass ich heute mehr als dämliche Fragen stelle.

Eine Sache interessiert mich trotzdem noch: »Warum stehen die Leute eigentlich so auf die Herzen mit den Sprüchen?«

»Weil man damit sein Herz sprechen lassen kann und Wünsche wahr werden.« Nikolais Blick wird ernst und irgendwie auch tief. In mir kribbelt es mit einem Mal. Gerade sieht er wirklich unverschämt gut aus, wie er so dasteht mit dem Spritzbeutel in der Hand. Und dann diese vollen Lippen … Ja, er ist doch ganz okay.

Schnell schiebe ich den Gedanken beiseite. Ich will ihn nicht gut finden. Und ich will in seiner Nähe auch nicht so aufgeregt sein.

Ich schlucke. »Das klingt schon schön.«

Jetzt ist der richtige Moment, um mich zu entschuldigen, denke ich, aber dann beginnt er zu grinsen und zwinkert mir zu. »Ich dachte mir schon, dass es dir gefällt«, sagt er. »Die meisten Frauen lieben es. Tja, und ich weiß das. Deswegen wollte ich das mit den Lebkuchen ja auch unbedingt machen.«

Okay, wie jetzt? Tut er das Ganze nur, um die Frauen um den Finger zu wickeln? Meine Entschuldigung ist prompt vergessen.

»Daher weht also der Wind. Von wegen du wolltest dir deinen Traum erfüllen. Dabei ist es ganz anders. Der Lebkuchenbäcker, der die Frauen um den Finger wickelt. War ja klar. Du nutzt das hier echt aus, um Mädels klarzumachen?«

»Was? Wie kommst du bitte auf so was? Das habe ich nicht gesagt!« Er beugt sich über eines der Herzen vor ihm auf dem Tisch und schreibt *Küss mich* darauf.

Küss mich!

»Niemals!«, rufe ich wie aus der Pistole geschossen.

Er sieht zu mir auf und lacht. »Das ist eine Auftragsarbeit, Lele, dich habe ich damit nicht gemeint.«

»Ich will mich auch gar nicht gemeint fühlen. Ach, dieser Stern, verdammt!« Wirklich unglaublich, dass er mich hierhergeführt hat. Zu einem Lebkuchenbäcker, der das alles nur macht, um …

»Der Stern?« Nikolai sieht mich ernst an. »Wie auch immer. Eigentlich habe ich dich ja nicht fürs Nichtstun engagiert. Deshalb solltest du jetzt lieber wieder nach vorne in den Laden gehen.« Er überlegt kurz und legt dann den Spritzbeutel auf den Tisch. »Warte, ich komme schnell mit und erkläre dir die Kasse, bevor später der Trubel so richtig losgeht. Während des Christkindlesmarkts können wir uns manchmal vor Kunden kaum retten. Am Abend wird es dann noch stressiger, da schenken wir bis um zehn Uhr Glühwein aus.« Er deutet auf ein Fenster mit Blick zum Hof, in dem verschiedene Getränketanks stehen, ebenso eine Art Verkaufsstand. »Glücklicherweise hilft Peter uns dann. Ach ja, und gleich müsste auch noch Tanja kommen, sie kümmert sich um den Laden. Geh ihr bitte zur Hand. Und nicht vergessen, es muss immer wieder gewischt werden.«

»Ich soll also alles machen? Verkaufen, bedienen, putzen, Glühwein ausschenken …« Und das von acht Uhr morgens bis abends um zehn? Hat er noch nie was vom Arbeitszeitgesetz gehört?

»Ja, natürlich. Gehört alles dazu.« Lachend geht er an mir vorbei hinaus in den Laden, wo er sich erst einmal umsieht. Dann tritt er an die Tische, die ich vorhin gewischt habe, und fährt bei fast jedem prüfend mit dem Zeigefinger über die Tischplatte.

»Hier kannst du noch mal drüber«, stellt er fest, ohne mit der Wimper zu zucken.

Ist das sein Ernst? Ich verschränke die Arme vor der Brust. »Das ist doch reine Schikane.«

Mit einem Mal tritt er nahe an mich heran. »Falls du es noch nicht gemerkt haben solltest: Ich bin der Chef hier, und deswegen wäre es wirklich nett, wenn du machst, was ich sage.«

»Aber nur, solange es um die Arbeit geht!« Mein Puls beschleunigt sich, weil er mir so nah ist.

In diesem Moment betritt eine junge Frau vom Flur aus den Laden und lächelt uns zu. »Guten Morgen, Chef.« Sie hat glänzende blonde Locken, eine etwas kräftigere Figur und sieht wirklich nett aus.

»Morgen, Tanja. Darf ich vorstellen? Das ist Lele, unser neues Engelchen.«

Engelchen? Wie?

Sie nickt mir freundlich zu. »Freut mich sehr. Bist du die, die unsere Scheibe beschmiert hat?«

Hat er das auch noch herumerzählt? So ein mieser …

»Ähm, na ja …«

»Das mit dem Reh war lustig«, fügt sie lächelnd hinzu.

»Ich habe Lele schon gesagt, dass sie dir zur Hand gehen soll«, erklärt Nikolai jetzt. »Also, egal, was es ist, spann sie ruhig tüchtig ein, okay? Ich muss dann mal wieder in die Backstube, nach meinem Zuckerguss schauen.«

Kaum ist er verschwunden, kann ich mir einen leisen Seufzer nicht länger verkneifen. Tanja soll mich ruhig tüchtig einspannen, egal, was es ist? Na, das kann ja heiter werden. Dieser als Lebkuchenbäcker getarnte Frauenheld …

»Und du ersetzt also jetzt Jennifer?«, will Tanja wissen.

»Sieht so aus«, antworte ich, obwohl ich keine Ahnung habe, wer Jennifer ist.

»So ein Glück, denn hier ist es wirklich recht voll in der Weihnachtszeit, ist ja auch das Hauptgeschäft. Viele Kunden kommen extra hierher, um sich Lebkuchenherzen mit Beschriftung anfertigen zu lassen. Und auch wegen der traditionellen Elisenlebkuchen. Darin ist Nikolai richtig gut, um nicht zu sagen perfekt. Dafür wird er echt geliebt.« Ihr Blick schweift über die Waren, die ich vorhin bereits in die Auslage eingeräumt habe. »Das sieht schon mal recht gut aus, aber Nikolai hat ganz bestimmte Ansprüche, wie alles angerichtet werden muss. Das zeige ich dir gleich mal, okay? Um zehn öffnen wir dann.«

Ich nicke. Ganz bestimmte Ansprüche. Der Kerl ist nicht nur ein Frauenheld, sondern auch ein Herumkommandierer. Ja, man könnte beinahe sagen, er hat nicht alle Nadeln an der Tanne. Doch wenn er glaubt, er kann mich einschüchtern - oder was auch immer er sich davon verspricht, mich hier zu haben -, dann hat er sich aber an den Mandeln verzählt. Erwartet er wirklich, dass ich hier so viele Stunden arbeite? Ohne Pause?

Viel Zeit, um weiter darüber nachzudenken, bleibt mir allerdings nicht, denn schließlich machen wir uns daran, alles vorzubereiten. Gut, ich war zuerst mehr als genervt von Nikolai und der ganzen Sache hier, doch jetzt macht es zusammen mit Tanja sogar ein klein wenig Spaß, was ich aber niemals zugeben würde.

»Ich denke, du wirst hier eine gute Zeit haben«, meint Tanja. »Auch wenn die Umstände, die dich hierhergebracht haben, ein wenig kurios sind. Aber wer hat nicht schon mal irgendwelchen Unsinn gemacht? Was hatte es denn mit dem pieselnden Reh auf sich?«

»Ach, das ist mir einfach so eingefallen. Ich hatte an dem Abend zu viel Glühwein und Schnaps und dazu noch ein gebrochenes Herz. Auf dem Plakat war mein Ex zu sehen, zusammen mit seiner Neuen. Er hatte ausgerechnet an diesem Tag mit mir Schluss gemacht – per WhatsApp. Eine verrückte Geschichte.«

Sie lacht. »Klingt wirklich lustig. Wir beide haben auf jeden Fall den gleichen Humor. Ich hätte meinen Ex wohl auch angemalt.«

Um Punkt zehn Uhr zeigt Tanja mir das Schild an der Eingangstür, das nun auf *Geöffnet* herumgedreht wird. »So, ein neuer Tag, ein neues Glück.« Lächelnd mustert sie mich. »Ah, warte kurz, du brauchst ja noch deine Kleidung. Und ich auch.«

Kleidung? Was meint sie?

Sie verschwindet nach hinten und kommt ein paar Augenblicke später schon wieder zurück. Als ich sehe, was sie trägt, bin ich erst unsicher. Meint sie das ernst? Wahrscheinlich, denn als ich genauer hinsehe, erkenne ich, dass sie noch ein Kostüm bei sich hat. Reflexartig schüttle ich den Kopf. Jetzt verstehe ich auch Nikolais Bemerkung, dass er nie genug Engel in seinem Laden haben könne.

»Was? Das tragen wir hier? Ein Engelskostüm?«

Tanja kichert. »Natürlich. Kennst du nicht die Legende, dass ein Bäcker nur auf das Rezept der Lebkuchen kam, weil ein Engel ihm die Oblaten in Form einer Wolke brachte? Wolkenpapier sozusagen. Diese Geschichte ist hier bei uns Programm. Nikolai und seine Engel.«

Echt jetzt? Ja, ich kenne die Geschichte, irgendwie, aber das hier?

»Komm, zieh schon an. Oder willst du Ärger mit dem Chef?« Sie zwinkert mir zu.

Ich kann nicht glauben, was da gerade passiert. Und so stecke ich wenige Minuten später tatsächlich in einem Engelskostüm. Ich betrachte mich in dem mannshohen Spiegel, der im Flur hängt, und schüttle den Kopf. »Mal ehrlich, das ist …«, murmele ich vor mich hin.

»Wie schön, der kleine Teufel trägt ein Engelskostüm«, ertönt plötzlich Nikolais Stimme, während Tanja vorne im Laden schon damit beschäftigt ist, die Laufkundschaft zu bedienen.

»Das ist …«, wiederhole ich nun deutlich lauter.

Er grinst. »Wunderbar weihnachtlich? Genau nach deinem Geschmack, einer meiner Engel zu sein? Deine Oma würde sich freuen. Sollen wir ihr ein Foto schicken?«

Idiot!

»Nein, es ist kitschig und schrecklich. Ich bin doch verflucht.«

»Komm schon, Lele, ich weiß, tief da drinnen«, er greift sich an die Brust, »da liebst du es. Du bist doch ein Engel.«

Ach, wie lustig.

»Lele, kommst du mal bitte?«, ruft Tanja in diesem Moment und erspart mir damit eine weitere verbale Auseinandersetzung mit Nikolai.

Es strömen nun immer mehr Kunden in den Laden, sodass ich Tanja beim Bedienen unterstützen muss. Ich bin froh, dass ich bereits im Einzelhandel gearbeitet habe, weshalb es mir doch leichtfällt. Das Kassensystem ist nicht allzu aufwendig zu bedienen, und irgendwann spreche ich mich mit Tanja ab, dass ich in der nächsten Stunde die Kasse übernehme, während sie die Ware zusammenstellt.

Und Nikolai … Ja, wo ist eigentlich Nikolai?

Ich sehe mich um und entdecke ihn in der Backstube, wo er mal wieder Lebkuchen verziert. Scheinbar sind die echt ziemlich gefragt, so viel habe ich schon mitbekommen. Wenn das Geschäft so sehr boomt, warum ist es mir bisher nie aufgefallen?

Doch dann bin ich wieder so mit der Kundschaft beschäftigt, dass ich die Frage einfach vergesse.

Als es auf die Mittagszeit zugeht, ist auf einmal noch mehr los. Der Laden ist brechend voll, und das an einem ganz normalen Werktag. Mittlerweile ist es nicht mehr nur die Laufkundschaft, auch die Tische im Café sind bis auf den letzten Platz belegt. Ich frage mich, wie das erst am Abend werden soll, wenn der Glühweinausschank hinzukommt. Und vor allem würde ich schon gern wissen, wann wir mal eine Pause machen können, um kurz durchzuatmen.

Meine Füße brennen bereits, und ich bin ja auch dauernd angespannt.

Gerade als ich für ein paar Sekunden die Augen schließen will, ruft mich ein älterer Mann zu sich an den Tisch. Er hat weißes Haar und einen Vollbart, weshalb er ein wenig wie der Weihnachtsmann aussieht. »Ah, ein neuer Lebkuchenengel«, sagt er, als ich neben ihn trete.

Noch immer komme ich mir in dem Kostüm ziemlich dämlich vor. »Ich bin Lele. Was darf ich Ihnen bitte bringen?«

Er rückt seine Brille zurecht. »Ich hätte gern einen Kaffee und einen Elisenlebkuchen mit Zuckerguss und Mandeln.«

Ich tippe alles in mein Gerät ein und nicke. »Danke schön, kommt sofort.«

Dann gehe ich zurück hinter die Theke, wo ich fast mit Nikolai zusammenstoße.

»Na, wie läuft es?«, will er wissen.

Ich deute in den Raum. »Du siehst es ja, es ist unglaublich viel los. Haben wir eigentlich auch mal Pause?«

Er grinst. »Schon am Ende?«

»Nein, aber eine Pause braucht man doch, oder?«

»Klar, irgendwann. Aber erst bringst du Herrn Liebermann seinen Kaffee und den Lebkuchen. Und nimm gleich noch einen mit Schokolade mit, er entscheidet sich meistens noch mal um oder nimmt am Ende sogar beide.«

Erstaunt sehe ich Nikolai an. »Herr Liebermann? Kennst du alle Kunden persönlich?«

»Jeden einzelnen.« Er zwinkert mir zu.

»War ja klar.«

»Herr Liebermann kommt jeden Tag, da sollte ich ihn schon kennen. Also los, los, Engelchen.«

So ein …

Okay, irgendwie sieht er schon süß aus in seiner Bäckerkluft. Und verführerisch.

Ich glaube, ich bin nicht mehr ganz bei Sinnen. Was ist das nur? Der Kerl ist nicht süß, er ist ein Frauenheld, ein unverschämter …

Ich atme tief durch, um mich zu beruhigen. »Gut, mach ich. Und nenn mich nicht Engelchen!«

Er grinst noch immer, während er sich abwendet und wieder in seiner Backstube verschwindet.

Als ich Herrn Liebermann gleich darauf seine Bestellung bringe, lächelt er mich an. »Ach, wie nett, ich habe gerade darüber nachgedacht, noch einen Lebkuchen mit Schokolade zu bestellen.«

»Mit den besten Grüßen vom Chef«, entgegne ich und lächele freundlich zurück.

»Wie aufmerksam von ihm. Wissen Sie, Nikolai ist so ein netter Junge. Und was er aus der alten Bäckerei seines Großonkels gemacht hat, ist einfach großartig. Er hat dem Laden wieder Leben eingehaucht, was sicher auch an der Geschichte liegt, die er entdeckt hat.« Ich habe absolut keine Ahnung, was für eine Geschichte er meint. Gerade als ich überlege, nachzuhaken, spricht er schon weiter: »Und Sie ersetzen jetzt also Jennifer?«

Ich nicke. »Jap, so ist es.« Wer auch immer diese Jennifer ist, von der ich heute schon zum zweiten

Mal höre. Langsam werde ich echt neugierig. »Was war denn mit Jennifer? Warum ist sie nicht mehr da?«, frage ich also.

Er seufzt. »Ach, die Lebkuchenliebe.«

»Lebkuchenliebe?« Was meint er damit?

»Ja, die Lebkuchenliebe …«

Ausgerechnet in diesem Augenblick ruft Tanja nach mir. »Entschuldigung, ich muss mal eben zu meiner Kollegin«, sage ich. »Lassen Sie es sich gut schmecken.«

»Danke sehr.«

Während ich Herrn Liebermanns Tisch verlasse und zur Theke hinübergehe, kreisen meine Gedanken.

Lebkuchenliebe. Was soll das denn bitte sein?

Wobei – ich denke, ich weiß es. Nikolai hat wohl die arme Jennifer um den Finger gewickelt und ihr mit seinem Lebkuchengerede das Herz gebrochen. Aber war ja klar. Zumindest kann ich es mir bei ihm sehr gut vorstellen.

Die Zeit vergeht, Tanja und ich haben noch immer alle Hände voll zu tun. Die Lebkuchen mit den Wunschtexten sind tatsächlich der große Renner, fast jeder zweite Kunde fragt danach. Natürlich kenne ich solche beschrifteten Herzen auch von Festen wie der Kirchweih oder Kirmes, ich dachte nur immer, das sei eher eine bayerische Tradition – und wir sind hier ja in Franken. Aber nachdem Nikolai nicht nur Lebkuchenherzen, sondern auch Elisenlebkuchen auf diese Weise verziert, ist es doch wieder typisch Nürnberg. An Lebkuchenträumen wird in diesem Laden jedenfalls nicht gespart. Es gibt sogar einen Lebkuchen des Tages. Der von heute hat getrocknete Aprikosen im Teig und ist mit kleinen weißen Zuckersternchen verziert.

Neugierig, wie ich nach wie vor bin, beschließe ich, den Moment auszunutzen, denn gerade ist es tatsächlich mal ein bisschen ruhiger geworden. Schnell lasse ich zwei Tassen Kaffee aus der Maschine, gehe damit hinüber zu Tanja und drücke ihr eine davon in die Hand.

»Das ist ja toll, danke.« Sie schließt genüsslich die Augen, während sie gleich den ersten Schluck nimmt. »Kannst du hellsehen? Oder woher wusstest du, dass ich einen Kaffee gerade so was von gebrauchen kann?« Sie wischt sich über die Stirn.

»Na ja, ich dachte, wahrscheinlich geht's dir da genauso wie mir.«

Für ein paar Augenblicke stehen wir schweigend an die Theke gelehnt da, genießen unseren Kaffee und die Ruhe, die bestimmt bald wieder vorbei sein wird.

»Was ist das eigentlich mit den Lebkuchen?«, will ich nun wissen. »Herr Liebermann meinte, es gibt dazu eine Geschichte.«

Tanja lächelt. »Das ist eine lange Familientradition und ein ziemlich aufwendiges Handwerk. Die Leute lieben es – auch weil die Geschichte dahinter so süß ist. Lebkuchen bringen Liebe. Das hat Nikolai ganz toll aufgezogen. Ganz nach dem Motto:

Lebkuchen lassen Herzen sprechen. Komm mal kurz mit.«

Ich folge ihr in eine etwas versteckte Ecke des Cafés, wo verschiedene Bilderrahmen mit Zeitungsartikeln und Fotos an der Wand hängen. Sie sind mir bislang noch gar nicht aufgefallen.

Der Lebkuchenbäcker lässt Herzen sprechen, lese ich in einem Artikel. Und in einem anderen: *Zum Verlieben gut! Eine alte Tradition lässt das Herz höherschlagen.*

»Das gefällt den Frauen natürlich«, rutscht es mir heraus.

Tanja grinst. »Das hast jetzt du gesagt. Und Nikolai sieht ja auch wirklich gut aus. Nicht für mich«, sie winkt schnell ab, »ich bin glücklich vergeben. Aber ich denke, sein Konzept funktioniert auch deswegen ganz gut. Es war so lustig - nachdem die Artikel erschienen waren, ging es hier richtig rund. Manche Frauen kamen auch nur hierher, weil sie Nikolais Herz erobern wollten. Ganz unrecht hast du also nicht.«

»Das glaube ich gern«, sage ich. »Ist doch genau sein Ding, bei den Mädels Hoffnung zu wecken. Ich vermute, er geht nicht oft allein nach Hause.«

Sie lacht, widerspricht mir jedoch nicht. »Eigentlich geht es ja um die Geschichte der Nürnberger Lebkuchen. Kennst du sie?«

»Klar, aber ich habe mir noch nie näher Gedanken darüber gemacht«, gebe ich zu und schäme mich sogar ein bisschen dafür, denn als waschechte Nürnbergerin müsste ich die Geschichte der Lebkuchen eigentlich genau kennen.

Tanja scheint sich nicht weiter daran zu stoßen, denn sie gibt mir bereitwillig Auskunft. »Um seine große Liebe zu beeindrucken, wollte ein Bäcker etwas ganz Besonderes herstellen, dabei hat er den Lebkuchen erfunden. Aber das Ganze war eine ziemlich wackelige Angelegenheit, der Lebkuchen drohte zu zerbrechen. In seiner Not schickte er seinen Wunsch angeblich an einen besonderen Stern, den Weihnachtsstern, und dieser wusste, was zu tun ist. Eines Nachts legte ihm ein Engel Wolkenpapier in die Backstube – das sind praktisch unsere heutigen Oblaten.«

»Ah, okay.« Dann hatte der Stern also auch da seine Finger im Spiel? »Und was ist mit den beschrifteten Herzen? Ich dachte eigentlich, dass die eher aus Bayern kommen, Stichwort Oktoberfest und so.«

»Das tun sie auch, Nikolai hat aber sein eigenes Ding daraus gemacht. Genauer gesagt seine Familie. Denn sein Ururgroßvater stammte aus München und hatte sich wohl in die Ururgroßmutter aus Nürnberg verliebt. Das wurde nicht so gern gesehen – du weißt schon, Bayern und Franken … Doch mithilfe der Lebkuchenherzen konnten die beiden heimlich Botschaften austauschen. Trotz aller Widrigkeiten heirateten sie und wurden zusammen glücklich. Nikolai hat Briefe der beiden gefunden, aus denen hervorgeht, dass womöglich seine Familie diejenige war, die das Lebkuchenherz erfunden beziehungsweise neu interpretiert hat. Bei den beschrifteten Herzen geht es also darum, Liebe zu zeigen, ohne sie auszusprechen.«

Augenblicklich hallen Nikolais Worte durch meinen Kopf: *weil man damit sein Herz sprechen lassen kann.* Jaja, das hat er sich schön ausgedacht. Natürlich gefallen den Mädels solche Geschichten.

Ich hebe meine Kaffeetasse und nehme einen großen Schluck daraus. Glück und Liebe verschenken, ganz ohne große Worte. Das klingt ja schon romantisch. Doch Nikolai macht es offensichtlich nur aus Eigennutz, um sich in die Herzen der Frauen zu schleichen. Aber gut, mir soll es egal sein. Mein Herz wird er nicht zum Sprechen bringen. Und ich werde auch dafür sorgen, dass es von nun an in seiner Gegenwart nicht mehr so heftig schlägt.

Das Gefasel mit den Herzen

Am späten Nachmittag betritt ein Kerl mit Glatze und unzähligen Tattoos auf den Armen den Laden. Irgendwie sieht er echt strange aus und scheint auf den ersten Blick gar nicht hierherzupassen.

»Hey, ich bin Peter«, stellt er sich vor. »Ich helfe beim Glühwein aus.«

Stimmt, Nikolai hat diesen Namen heute Morgen erwähnt. »Ich bin Lele, die neue Aushilfe.«

Er nickt. »Cool! Hilfe ist echt wichtig.«

Und damit hat er so was von recht, denn kaum wird es dunkel, beginnt der Ansturm auf den Ausschank. Die Leute stehen meist in Gruppen beisammen, lachen, unterhalten sich und wärmen ihre kalten Finger an den dampfenden Tassen.

Ich frage mich, wie lange dieser Tag noch gehen soll. Langsam tut mir echt alles weh.

Von Nikolai ist keine Spur zu sehen. Ich beschließe, ihn zu suchen, und finde ihn natürlich in der Backstube. Er tippt gerade irgendwas in sein Handy.

Ich räuspere mich mehrmals, um mich anzukündigen. »Ähm, eine Frage, wie lange geht das heute noch?«

Er sieht zu mir auf. »Bis um zehn, dann schließen wir.«

Okay, das hat er ja heute Morgen schon gesagt, aber ich habe gehofft, vielleicht etwas früher Schluss machen zu können. Immerhin bin ich seit acht Uhr hier und mittlerweile echt erledigt.

»Es geht aber nicht jeden Tag so lange, oder?«

»Nun ...« Er scheint kurz nachzudenken, vielleicht will er mich auch nur hinhalten. »Nein«, antwortet er schließlich lächelnd, »morgen kannst du etwas später anfangen. Heute solltest du mal alles von Beginn an mitbekommen, und das war auch gut so. Hat es dir gefallen?«

Oh, er wirkt zur Abwechslung mal ganz ernst.

»Na ja, es hätte schlimmer sein können.«

Mein Blick fällt auf die Lebkuchenherzen, die er zum Trocknen auf dem Tisch ausgebreitet hat. Auf einem von ihnen steht: *Ich mag dich!*

»Was würde auf deinem Herz stehen?«, fragt er mich mit einem Mal.

Ich sehe ihn an. Wie meint er das?

»Na, wenn du jetzt dein Herz sprechen lassen müsstest«, erklärt er.

Ich zucke mit den Schultern. »Keine Ahnung. Vielleicht so was wie: *Ich bin dann mal weg.*«

Er lacht. »Das würde sich bestimmt gut verkaufen.«

Tatsächlich hätte ich noch ein paar weitere Ideen, allerdings nur merkwürdige.

»Und was würdest du mir aufs Herz schreiben?«, will er wissen.

Echt jetzt? »Dir?«

»Ja.« Er lächelt mich an.

»*Achtung Frauenheld* vielleicht. Oder: *Besser nicht verlieben*.«

»Das klingt interessant. Wie wäre es mit: *Bester Chef?*«

»Ich bin erst einen Tag hier, da kann ich das noch nicht beurteilen. Aber Tanja mag dich wohl. Also, ich muss dann mal weiter«, sage ich und verlasse die Backstube schnell wieder, um Peter mit dem Glühweinausschank zu helfen.

Der Abend schreitet voran, und irgendwann entdecke ich Nikolai in der Menge. Er unterhält sich äußerst angeregt mit einer ziemlich sexy aussehenden Blondine. Sie blickt bewundernd zu ihm auf, was er sichtlich genießt.

»Schön, dass er wieder lächelt«, meint Peter und deutet mit dem Kopf zu den beiden hinüber. »Die letzten Wochen waren nicht einfach für ihn.«

Natürlich weckt er damit erneut meine Neugier. Vielleicht bekomme ich ja aus ihm mehr heraus. »Hat das etwas mit Jennifer zu tun, meiner Vorgängerin?«, frage ich betont beiläufig.

Er nickt. »Ja, kann man so sagen.«

»Na, die hatte wahrscheinlich von Nikolais Flirterei die Nase voll«, rutscht es mir ungewollt heraus.

Peter sieht mich an, antwortet aber nichts, da in diesem Moment schon wieder ein Kunde am Stand auftaucht, um eine Runde Glühwein zu bestellen.

Kurz gleitet mein Blick erneut zu Nikolai und der blonden Frau. Jaja, unser Chef scheint ein ziemlicher

Frauenheld zu sein, ich habe es die ganze Zeit geahnt. Und diese Jennifer kann froh sein, dass sie ihn los ist.

Die Tage vergehen, und ich entwickle bei meiner Arbeit langsam eine gewisse Routine. Obwohl wir zwischendurch schon auch unsere Pausen bekommen, falle ich abends nach wie vor ziemlich erschöpft ins Bett. Bis wir alles aufgeräumt haben und ich dann noch mit der U-Bahn nach Hause fahre, ist es meistens schon nach elf.

Oft stehen wir auch noch kurz zusammen und besprechen den Dienstplan für den kommenden Tag. Wie es aussieht, plant Nikolai jeden Tag mit mir. Ich traue mich zwar nicht, etwas dagegen zu sagen, aber es erscheint mir keineswegs richtig. Schließlich bin ich immer noch nicht angestellt. Er könnte sich zumindest mal dazu äußern, wie er sich das so vorstellt. Die anderen – sowohl Tanja als auch die Leute in der Backstube – bekommen zwischendurch auch mal einen Tag frei. Nur ich nicht. Ich sollte auf alle Fälle mit Nikolai darüber reden.

Eines Abends beschließe ich spontan, dieses unvermeidliche Gespräch nicht länger hinauszuschieben. Also mache ich mich, nachdem Tanja und Peter sich verabschiedet haben, auf die Suche nach Nikolai. Und wo finde ich ihn? Wieder mal in der Backstube, wo er gerade Lebkuchenherzen verpackt.

Als ich eintrete, hebt er kurz den Kopf. »Na, war wieder viel los heute?« Dann widmet er sich erneut seinen Lebkuchen. »Die hier sind übrigens für die Laufkundschaft, die keinen Wunschtext möchte. Morgen früh geben wir die einfach mit in die Auslage«, erklärt er.

Ich nehme einen fertig verpackten Lebkuchen in die Hand und betrachte ihn. *Grüße aus Nürnberg* steht darauf, *Küss mich in Nürnberg* auf einem anderen. Diese Herzen schauen schon echt süß aus, probiert habe ich allerdings noch keines. Ich habe sie immer eher als Zierde angesehen, nicht als etwas, das man einfach so verspeist.

»Ich hätte nicht geglaubt, dass die Leute so sehr darauf stehen, aber sie tun es wirklich«, sage ich.

»So kann man sich täuschen.« Nikolai grinst. »Besonders die Frauen lieben es, wenn die Männer ihr Herz sprechen lassen.«

Ich verdrehe die Augen. »Jaja, ich weiß schon. Du brauchst nicht wieder damit anzufangen. Der süße Lebkuchenbäcker, der mit seinem Zuckerguss die Herzen erobert … ei, ei, ei.«

Nikolai lacht. »Süß? Du findest mich also süß?«

»Nein … also …« Schnell versuche ich, mich darauf zu besinnen, weshalb ich eigentlich in die Backstube gekommen bin. »Ähm, pass auf, was ich dich fragen wollte … Es war echt interessant in den letzten Tagen. Aber wie lange dachtest du, dass ich hier noch aushelfen soll?« Am liebsten würde ich hinzufügen: *Und das auch noch ohne Bezahlung.*

»Bis Weihnachten auf alle Fälle. Und auch gern noch länger«, entgegnet er, als wäre das ganz selbstverständlich.

Okay. Ich muss sagen, es gefällt mir hier wirklich - doch nicht ohne Bezahlung.

»Geht klar«, antworte ich. »Aber dann mit Anstellung?«

»Ja, würde ich schon sagen. Du wärst mir eine große Hilfe. Außerdem machst du dich ganz gut, die Leute mögen dich. Und ich finde dich auch ganz okay, Lele.« Einmal mehr grinst er mich an und zwinkert mir zu. Flirtet er etwa mit mir?

»Gut, dann bringe ich meine Unterlagen mit.« Innerlich atme ich auf, doch ich versuche, es mir nicht anmerken zu lassen.

Stattdessen betrachte ich erneut die Herzen. Auf einem von ihnen steht: *Dir gehört mein Herz*. Schon süß. Wahrscheinlich würde ich mich auch über so ein Herz voller Lebkuchenliebe freuen - vorausgesetzt, es ist wirklich ehrlich gemeint.

»Du wirkst so nachdenklich«, sagt Nikolai und mustert mich. »Möchtest du auch ein Herz? Vielleicht eines mit den Worten *Danke, Stern*?«

»Nein, sicher nicht.«

»Was hat es eigentlich mit diesem Stern auf sich?«

Ich schüttele den Kopf. »Nichts, das war einfach bescheuert. An diesem Abend … na ja, meine Oma hatte früher diesen Brauch, dem Weihnachtsstern einen Wunsch zu schicken, und meine Freundin hat mich dann überredet, es noch einmal zu versuchen, und … Ach, egal.«

»Du warst ja an dem Abend vor meinem Laden schon ziemlich niedergeschlagen«, meint er. »Die Trennung von deinem Freund und so.«

»Jap, aber so ist es eben. Also nichts mit Herzen und Botschaften!«

»Ach komm, jede Frau mag doch eine Liebesbotschaft, wenn sie von Herzen kommt. Bist du deswegen mir gegenüber so zickig? Ich habe irgendwie das Gefühl, dass du …«

Wie bitte? Und überhaupt, was geht ihn das an? Das kann ihm so was von egal sein. Ich mische mich doch auch nicht in sein Seelenleben ein!

Schnell winke ich ab. »Ich bin überhaupt nicht zickig, ich …«

»Okay, dann würde ich das Kriegsbeil nämlich gern begraben.«

»Wenn das so ist, meinetwegen.«

Er sieht mich an. »Ich finde es wirklich gut, dich hier zu haben.«

»Flirtest du mich doch an?«

»Nein, warum sollte ich?« Er zwinkert mir zu.

»Doch, du flirtest. Hahahaha. Aber mich kriegst du mit deinem Zwinkern nicht weich. Mein Herz sagt mir, dass du ein Frauenheld bist.«

Kurz wird sein Blick ernst. »Und warum denkst du das?«

»Du hast doch selbst gesagt, du machst das mit den Herzen wegen der Frauen. Der Lebkuchenbäcker mit Herz. Ist ja echt voll rührend. Tanja meinte auch, dass sie alle dein Herz wollen.«

»Na dann, wenn du das so siehst … Aber nur weil jemand mein Herz will, heißt das nicht, dass ich es verschenke«, sagt er und wendet sich dann von mir ab. Mehr will er dazu nicht sagen?

»Gib es endlich zu. Ich beobachte dich schon die ganze Zeit. Mit diesem Gefasel über Herzen, Glück und Wünsche legst du die Frauen reihenweise flach. Und jetzt glaubst du, es klappt bei mir? Mit fadenscheiniger Romantik? Ist deswegen deine Ex-Freundin abgehauen, weil du die Finger nicht von anderen lassen kannst? Kann ich ja verstehen.« Ich kann selbst nicht sagen, warum ich ihn gerade so provoziere – Tatsache ist, dass ich es tue.

Er legt das Herz, das er gerade in der Hand hält, beiseite und kommt zu mir her. Etwas nah, viel zu nah, um ehrlich zu sein. Sofort dringt mir ein Hauch seines Aftershaves in die Nase, dazu der Duft von Lebkuchen und Gewürzen … Verdammt. Mein Herz klopft heftig. Kurz bin ich irritiert über die Wärme, die er in meinem Bauch auslöst.

Nikolai kneift die Augen zusammen und sieht mich mit festem Blick an. »Wenn du meinst, ich wollte nur nett sein. Weil du mir leidgetan hast. Und weil ich das Gefühl habe, dass du wegen dem, was passiert ist, traurig bist. Doch ich bin nicht daran schuld, und nicht alle Männer sind gemeine Betrüger. Und ich bin auch nicht dein Ex-Freund.«

»Aber ihr Herzensbrecher seid doch alle gleich! Mich nervt das einfach gerade.«

Er sieht zur Uhr, die an der Wand hängt. »Na gut, war's das? Es ist schon spät.«

Als er wieder meinen Blick sucht, fällt mir abermals auf, wie graublau seine Augen sind, und ganz plötzlich habe ich ein merkwürdig kribbelndes Gefühl im Bauch. »Gut, ja, es ist wirklich spät«, antworte ich.

Ohne ein weiteres Wort wendet er sich ab. Irgendwie tut mir meine Bemerkung jetzt doch leid. »Hey«, rufe ich ihm nach.

Er dreht sich noch einmal zu mir um und kommt wieder einen Schritt auf mich zu.

»Ich wollte nicht gemein sein, doch ich frage mich ernsthaft, warum ihr Männer so seid. Da verschenkt ihr Herzen und macht sie mutwillig kaputt, sodass man als Frau gezwungen ist, sein Herz zu verschließen. Und dann wundert ihr euch, wenn man misstrauisch ist. Da hilft auch kein Lebkuchen oder sonst was. Ihr habt eine Frau an eurer Seite und könnt es dennoch nicht lassen, nach links und rechts zu sehen. Schau dich doch an mit deinen Lebkuchen und dem Gefasel über die Herzen. Du kommst dir dabei ja ziemlich unwiderstehlich vor. Aber eines will ich noch klarstellen: Bei mir zieht so was nicht, also lass es bleiben und versuche es erst gar nicht. Das ist verschwendete Zeit und Mühe. Denn von Typen wie dir habe ich die Nase voll. Lebkuchenwünsche, Wunschsterne, Liebe und all das - wer's glaubt …«

Seine Mundwinkel zucken. Widerwillig muss ich mir eingestehen, dass seine Lippen schon irgendwie verführerisch aussehen.

»Fertig?«

»Ja!«

»Wow, da ist aber jemand ganz schön verbittert«, sagt er nun. »Und weißt du, was ich glaube? Wenn du dich bei deinem Ex so verhalten hast wie bei mir, mit dieser Meckerei und dem Herumgezicke, wundert es mich nicht, dass er sich eine andere gesucht hat. Und merk dir eines: Du weißt gar nichts über mich. Ich habe dir nur eine Chance gegeben, mehr nicht. Du musst nicht hier sein. Ganz ehrlich!«

Okay, damit hat er mich jetzt ebenfalls getroffen. Ein tiefer Stich bohrt sich in mein Herz, und ich versuche, das leichte Zittern in meiner Stimme zu überspielen. »Dann ist ja gut, dass du auch nichts über mich weißt. Aber mit einer Sache hast du recht: Ich muss nicht hier sein.«

Kaum habe ich die letzte Silbe ausgesprochen, drücke ich mich an ihm vorbei und haste aus der Backstube und schließlich aus dem Laden.

So ein Idiot! Wirklich.

»Ich habe mir in den letzten Tagen den Hintern aufgerissen, und dann kommt so was!«, schimpfe ich. Als ich endlich zu Hause war, habe ich zuallererst Theresa angerufen, obwohl es bereits auf Mitternacht zugeht. Ich will nicht heulen, und doch tue ich es irgendwie. »Wie konnte er sagen, dass ich es verdient habe, verlassen zu werden?«

»Stopp, stopp. So wie ich es verstehe, hat er das doch gar nicht gesagt.«

Ich muss ein paarmal schlucken. »Auf welcher Seite stehst du eigentlich?«

»Na ja, mal ganz ehrlich, du hast ihn doch genauso provoziert. Seit der Eröffnung des Christkindlesmarktes bist du auf Krawall aus. Du witterst überall eine Verschwörung und vergisst all das Gute, das gerade passiert.«

»Tue ich nicht!«

»Tust du wohl. Du weißt doch über ihn genauso wenig und hast ihm unterstellt, so zu sein wie Freddy, oder? Das war auch nicht besonders nett von dir.«

Hm, okay, so unrecht hat sie damit auch wieder nicht. Aber trotzdem.

»Du gehst morgen wieder in den Laden und verhältst dich ganz normal. Das ist meine Meinung, wenn du sie hören willst.«

Klar, irgendwie stimmt das schon, dennoch haben mich Nikolais Worte getroffen. »Ich habe das ja auch nur zu ihm gesagt, weil ich das Gefühl habe, dass er wie Freddy ist und diese arme Jennifer, von der alle reden, bestimmt nicht gut behandelt hat.«

»Das weißt du doch gar nicht, oder?«, wendet sie ein. »Und das, was du Nikolai an den Kopf geworfen hast, hättest du doch am liebsten zu Freddy gesagt. Ist es nicht so?«

Hm. Kann auch sein.

»Na toll. Und was soll ich jetzt machen?«

»Geh morgen zu Nikolai und entschuldige dich. Fertig.«

Manchmal könnte ich sie … Aber ja, ich weiß, sie hat recht.

»Der Klügere gibt nach«, fügt sie jetzt auch noch hinzu.

Wie ich diesen Spruch hasse. Und so kann ich mir eine entsprechende Antwort nicht verkneifen: »Ja, bis er der Dümmere wird. Und ich war so oft die dumme Gutgläubige.« Mit einem Mal kommen mir die Tränen.

»Weißt du, Lele, du hast dein Herz gerade so sehr verschlossen, dass du nicht erkennst, wie schön um dich herum alles ist. Das meine ich ernst. Ich verstehe es, Enttäuschungen tun weh, man ist misstrauisch. Aber Freddy war nichts für dich, und du weißt das. Du hast in den letzten Tagen so viel Gutes erlebt. Die Arbeit macht dir doch eigentlich Spaß, oder? Dadurch hast du eine Aufgabe und kannst im Endeffekt Nikolai schon auch dankbar sein. Was würdest du sonst jetzt tun? Daheim vor dem Fernseher sitzen und nicht aufhören, Freddy zu stalken. Das ist doch nun wirklich keine Option. So hast du wenigstens die Chance, die Weihnachtszeit mal etwas anders zu erleben. Du arbeitest in einem Geschäft, das Liebe verschenkt, kannst Menschen glücklich machen. Aber wenn du dauernd nur an das Schlechte denkst, wie sollst du dann selbst glücklich sein?«

»Du nervst«, antworte ich nur, weil sie schon wieder recht hat.

»Gut, dann nutze doch die Zeit. Hab Spaß in dem Laden. Sei nicht so verbohrt und verbissen und entspann dich mal. Zudem kannst du da so viele Leute kennenlernen, die man nicht mal auf Tinder treffen kann.«

»Ich soll mir also einen neuen Kerl suchen?«

»Nein, aber du kannst flirten, schauen, was sich vielleicht ergibt. Der Stern hat dich nicht umsonst dort hingeführt, ich bin mittlerweile überzeugt davon.«

Unsinn! Oder stimmt es doch? Bin ich verbohrt? Soll das alles positiv sein?

»Ich trage ein Engelskostüm«, gebe ich zu bedenken, worauf Theresa lacht.

»Männer stehen doch auf Engel, oder? Nur im Bett, da soll es lieber ein Teufelchen sein. Aber Spaß beiseite, was ist daran schlecht?«

Damit bringt sie mich nun ebenfalls zum Lachen. Sie ist so doof. Aber andererseits stimmt es schon: Was ist daran schlecht?

»Also meinst du wirklich, ich soll da morgen hingehen und mich bei ihm entschuldigen?«

»Ja, genau das meine ich. Er wollte das Kriegsbeil begraben und hat versucht, nett zu sein. Du bist sauer wegen Freddy, aber das heißt noch lange nicht, dass Nikolai genauso ist. Du lässt das gerade voll an ihm aus und warst deswegen dann auch so fies zu ihm. Ich glaube sogar, er gefällt dir irgendwie.«

»Nein, überhaupt nicht!«

Sie kichert. »Ach, Lele, wenn er dir kein bisschen gefallen würde, warum reden wir dann über ihn?«

Nachdem wir das Telefonat beendet haben, denke ich noch eine ganze Weile darüber nach. Es stimmt schon, was Theresa gesagt hat. Ich könnte jetzt hier herumsitzen und Trübsal blasen. Oder ich mache das Beste daraus und gebe Nikolai eine Chance, statt die ganze Zeit mit ihm zu streiten. Außerdem geht es mich ja nichts an, was mit dieser Jennifer oder sonst jemandem war.

Ich bin kein Klingeln

Als ich am nächsten Morgen die Lebkuchenwerkstatt betrete, ist Tanja bereits da und empfängt mich mit einem freundlichen Lächeln. Der Duft des Gebäcks hängt im ganzen Raum, und ich sauge ihn tief in mich ein.

»Wie schön, du kannst mir gleich helfen«, meint sie. »Nikolai musste noch mal weg, etwas vom Großhandel holen. Aber sonst ist alles fertig, und es kann losgehen. Du bist heute nur bis zum Nachmittag da, oder?«

Ich nicke. »Jap, endlich mal. Und dann brauche ich als Erstes eine Runde Schlaf. Ich bin echt müde.«

Währenddessen mache ich mich schon an meine Arbeit, die mir inzwischen immer leichter von der Hand geht. Und dass Nikolai nicht da ist, entspannt mich zusätzlich. Nach dem, was gestern war, ist es vielleicht auch besser, dass noch ein bisschen mehr Zeit vergehen kann, bis wir uns wieder über den Weg laufen und ich mich bei ihm entschuldige. Ich möchte keinen Streit, sondern einfach nur eine entspannte Zeit. Also wische ich die Tische und bereite zusammen mit Tanja alles vor.

Als wir pünktlich um zehn Uhr den Laden öffnen, finden sich sehr bald die ersten Kunden ein. Und irgendwann ist auch Nikolai wieder zurück. Als unsere Blicke sich treffen, ist es merkwürdig, doch er sagt nichts, sondern nimmt es schweigend hin, dass ich da bin. Ich nicke ihm meinerseits nur zu und widme mich dann wieder der Arbeit.

An der Theke hat sich gerade eine kleine Schlange gebildet, was auch an der Gruppe von Senioren liegt, die sich wohl auf einer Art Kaffeefahrt befinden und bei uns einen Zwischenstopp einlegen. Die Gruppe ist nicht gerade klein, wahrscheinlich ein ganzer Reisebus. Sie bestellen sich Kaffee und Gebäck, kaufen zudem noch einiges zum Mitnehmen ein, sodass wir erst einmal mehr als beschäftigt sind.

Um die Mittagszeit lässt der Andrang ein wenig nach, und so gönne ich mir mit Tanja eine Tasse Kaffee. Doch schon nach kurzer Zeit betritt eine ältere Dame den Laden und schaut sich neugierig um.

»So ein schönes Geschäft«, meint sie. Ihre Stimme klingt fast etwas wehmütig, und ich frage sie, ob ich ihr helfen kann. Aber sie schüttelt den Kopf, anscheinend möchte sie sich tatsächlich nur umsehen.

Mir fällt auf, dass sie einen ziemlich extravaganten roten Hut trägt. Ich deute darauf. »Sehr schick, wirklich. So einen sieht man hier nicht so oft.«

Sie lächelt. »Vielen Dank, den hat mein Mann mir vor Jahren zu Weihnachten geschenkt, und ich trage ihn immer um diese Zeit.«

Ich mag diese kleinen Pläusche mit den Leuten, die hier ein und aus gehen. In gewisser Weise hatte Theresa schon recht. Hier ist immer etwas los, und man trifft so viele interessante Menschen. Und so vergesse ich auch irgendwann, dass ich ja noch etwas mit Nikolai zu klären habe.

Als Peter kurz vor drei Uhr erscheint, um mich abzulösen, wird mir erst bewusst, dass ich bereits Feierabend habe. Ich verabschiede mich von den Kollegen und verlasse den Laden. Nikolai habe ich nicht mehr gesehen. Ein wenig habe ich das Gefühl, dass er mir mit Absicht aus dem Weg gegangen ist. Und das bin ich ihm ja irgendwie auch, oder?

Zu Hause angekommen, beschließe ich, in der Wohnung ein wenig Ordnung zu machen. Ich bin zwar hundemüde und würde mich am liebsten gleich hinlegen - die langen Schichten im Laden haben ihre Spuren hinterlassen. Doch in den letzten Tagen ist so viel liegen geblieben, unter anderem ein großer Berg mit dreckiger Wäsche. Vielleicht lenkt mich das Herumräumen ja auch ein wenig von der Sache mit Nikolai ab. Also schalte ich erst mal die Waschmaschine ein, ehe ich mit dem Aufräumen beginne.

Doch es bleibt nicht nur beim Aufräumen, ich dekoriere auch die Wohnung ein wenig weihnachtlich und stelle Kerzen auf. Als ich schließlich auf dem Sofa sitze und mein Werk betrachte, freue ich mich wirklich. Draußen ist es bereits dunkel, und mein

Blick schweift beinahe automatisch zum Fenster. Wieder sehe ich den Stern und atme tief durch. Ja, ich war gemein zu Nikolai. Mein Herz hatte gelitten, und ich habe es an ihm ausgelassen. Ich sollte das mit ihm schon irgendwie klären. Aber wie?

Als mein Handy klingelt, denke ich zuerst, dass es Theresa ist, doch dann sehe ich Omas Namen auf dem Display. Schön, dass sie sich meldet, auch das habe ich wegen der vielen Arbeit zwangsläufig ein wenig vernachlässigt. Mit einem Lächeln auf den Lippen drücke ich auf *Annehmen*.

»Also, ich bin empört!«, poltert sie sofort los.

»Hallo, Oma, ich freue mich auch, dich zu hören.«

»Ich mich doch ebenso, Engelchen, aber ich muss dir auch sagen, dass ich enttäuscht bin. Warum hast du mir nicht erzählt, dass du bei Nikolai im Geschäft mithilfst? Hat er dich wirklich eingestellt?«

Stimmt, das weiß sie ja noch gar nicht. Ich wollte erst mal schauen, wie die Sache im Laden und mit Nikolai anläuft. Und es war so viel zu erledigen. Die Zeit ist wirklich schnell vergangen.

»Ich wollte es dir ja noch sagen, aber …«

»Jaja, schon gut, ich hätte es nur gern gewusst, bevor Regina es mir auf die Nase gebunden hat. Dann bist du jetzt also tatsächlich ein Engelchen – aber das warst du ja vorher auch schon. Und, wie läuft es so?«

Kurz muss ich nachdenken, was ich antworte. Ja, wie läuft es? Nikolai und ich hatten Streit, ich habe ihn angemault – tja, super läuft es.

»Na ja, er hat mich erkannt, und wir hatten so unsere Schwierigkeiten.«

»Ach ja?«

Nun erzähle ich ihr alles, von unserem Gespräch und auch dem Streit. Was ich Nikolai an den Kopf geworfen habe. Je mehr ich berichte, umso elender fühle ich mich.

»Ach herrje«, meint Oma, nachdem ich geendet habe. »Also Lele, ich hätte nicht gedacht, dass du so engstirnig bist. Dein Herz wurde gebrochen, ich weiß, das war nicht schön. Aber jeder Mensch hat doch eine Chance verdient. Es ist nicht die feine Art, jemanden wegen etwas, das du dir in deinem Kopf zusammenspinnst, zu verurteilen. Immerhin hast du seine Scheibe beschmiert, warst frech zu ihm, und er war trotzdem nett zu dir. Er muss dich wohl mögen, denn würde er sonst so was mitmachen? Irgendwas scheint er in dir gesehen zu haben. Schon mal daran gedacht?«

»Ja, kann sein.«

»Und wusstest du, dass Nikolai einer der wenigen ist, die das Handwerk noch so beherrschen wie in der alten Zeit? Er hat sich wirklich intensiv damit auseinandergesetzt und etwas Tolles aufgebaut.«

»Nein, das wusste ich nicht.«

»Ist aber so. Ich muss sagen, ich finde das schon beeindruckend, auch wenn Regina mich mit ihrer Angeberei durchaus nervt. Aber gut. Ich muss jetzt los, wir treffen uns nämlich in einer halben Stunde mit ein paar anderen Damen zum Weihnachtshäkeln. Was hättest du denn gern zu Weihnachten? Eine Mütze oder einen Schal? Ach, es wird wohl ein Schal, da muss ich nicht so genau hinschauen. Du weißt ja, meine Augen sind auch älter geworden.« Sie kichert verschämt und hört sich dabei wie ein junges Mädchen an.

»Ein Schal klingt toll, Oma. Aber was ich dich fragen wollte …«

»Ja, Engelchen?«

»Woher wusstest du eigentlich damals, dass Opa der Richtige ist?«

»Ach, mein Herz hat es mir gesagt, mein Schatz.«

»Vermisst du ihn noch sehr?«

»Jeden Tag. Aber ich bin dankbar, dass mein Herz seines gefunden hatte.«

Oma und Opa waren echt ein tolles Paar. Es macht mich immer wieder aufs Neue traurig, dass er viel zu früh gehen musste.

»Also gut, mein Engelchen«, sagt Oma, die es nun ziemlich eilig zu haben scheint. »Wir hören uns. Bis dann.«

Nachdem wir aufgelegt haben, lasse ich mir Omas Worte noch mal durch den Kopf gehen. Ich hätte heute wirklich zu Nikolai hingehen und mich zumindest kurz entschuldigen können. Aber gut, das habe ich nicht getan, und jetzt ist es eben so, wie es ist.

Um auf andere Gedanken zu kommen, beschließe ich, mir den Abend so gemütlich wie möglich zu machen. Es hilft ja nichts, wenn ich mir jetzt die ganze Zeit den Kopf zerbreche. Also lasse ich mir ein Bad ein und nehme dafür Omas Spezial-Weihnachtsbadezusatz, den sie jedes Jahr nach einem streng geheimen Rezept anrührt. Sofort umhüllt mich ein warmer, würziger Duft, und ich habe kurz das Gefühl, in der Lebkuchenwerkstatt zu sein. Was allerdings nicht gerade hilfreich ist, denn natürlich denke ich dabei auch wieder an Nikolai.

Danach bestelle ich mir eine Pizza, suche mir einen Weihnachtsfilm auf Netflix und öffne eine Flasche Rotwein, dessen schwerer, samtiger Geschmack gut mit der Pizza harmoniert. Ich genieße es, einfach mal auf dem Sofa zu liegen und nichts zu tun.

Nach einer Weile wandern meine Gedanken doch erneut zu Nikolai. Okay, es wäre nicht besonders persönlich, aber ich könnte ihm ja schon mal schreiben. Ein kurzes Sorry zumindest.

Ich greife nach meinem Handy, lege es dann aber wieder weg. Stattdessen nehme ich noch einen Schluck Wein und versuche, mich auf meinen Film zu konzentrieren, doch irgendwie will es mir nicht so recht gelingen. Als der Wein schließlich seine Wirkung zeigt und ich mich leicht beschwipst fühle, rufe ich Nikolais WhatsApp-Kontakt auf.

Ich: *Lieber Nikolai …*

Ne, das bin nicht ich. Also lösche ich es wieder.

Ich: *Hey Nikolai, ist doof gelaufen gestern. Sorry …*

Nein, auch nicht so gut. Noch mal von vorn.

Ich: *War blöd von uns beiden.*

Das ist schon besser, er hat sich ja auch nicht gerade von seiner nettesten Seite gezeigt. Aber ist das eine Entschuldigung? Eher nicht. Also wieder löschen. Okay, was könnte ich sonst schreiben?

Ich: *Nikolai, wir sollten beide erwachsener sein.*

Auch doof.

Ich: *Nikolai, ich bin nicht mehr sauer.*

Nein!

Ich: *Nikolai …*

Nachdem ich zum gefühlt hundertsten Mal den Löschbutton gedrückt habe, lasse ich das Handy sinken, um nachzudenken. Mit einem Mal macht es *Pling*, und eine neue Nachricht wird angezeigt. Sie ist – von Nikolai.

Nikolai: *Willst du mir gerade irgendwas schreiben?*

Ich fühle mich ertappt. Hat er etwa die ganze Zeit gesehen, dass ich etwas eingetippt habe? Vermutlich. Mist. Was jetzt?

Ich: *Nur wegen des Dienstplans morgen.*

Ich bin ja so doof.

Nikolai: *Was ist damit?*

Ja, was ist damit?

Ich: *Nichts, er passt.*

Ich sende die Nachricht ab und merke im selben Moment, wie albern sie ist.

Er schickt ein verwirrt dreinschauendes Smiley und ein »*Okay*« zurück, schreibt jedoch noch immer.

Nikolai: *Lele, wir sollten das mal klären. So geht das nicht weiter.*

Als ich die Nachricht sehe, zucke ich zusammen.

Ich: *Keine Ahnung, was du meinst.*

Wie blöd kann man eigentlich sein, denke ich noch, da klingelt es an der Tür. Mein Puls geht schneller. Warum klingelt es jetzt? Das wird doch nicht …

Ich: *Das bist doch nicht du, oder?*

Es klingelt erneut.

Nikolai: *Was bin nicht ich?*

Ich: *Das Klingeln an meiner Tür?*

Nikolai: *Nein.*

Gut, er ist es also nicht. Wenigstens etwas. Ich atme tief durch, während ich aufstehe und zur Tür gehe. Als ich sie öffne, beginne ich ernsthaft, an meinem Verstand zu zweifeln, denn draußen steht kein Geringerer als Nikolai.

»Hey«, sagt er und mustert mich mit zusammengekniffenen Augen.

»Das warst also doch du, das Klingeln«, presse ich über meine Lippen. Ich kann es immer noch nicht fassen, dass er wirklich vor meiner Tür steht.

»Nein, war ich nicht. Ich bin kein Klingeln, ich habe geklingelt, da gibt es sehr wohl einen Unterschied.«

So ein Blödmann. Er kann sich direkt mit Theresa zusammentun. Da wollte ich mich bei ihm entschuldigen, aber er kehrt den Besserwisser raus. Ich würde ihn am liebsten …

»Du nervst so, echt! Was willst du überhaupt hier?«

»Ich dachte, du wolltest was? Immerhin hast du ja die ganze Zeit was ins Handy getippt.«

»Ich habe nichts getippt, es war ein Merker. Das mache ich manchmal, wenn ich mir was notieren muss. Da rufe ich irgendeinen Kontakt auf und tippe da was rein, das ich nicht vergessen darf.«

»Ah ja.« Sein Blick ist nach wie vor ernst, doch seine Mundwinkel zucken verdächtig. »Schon mal was von der Notizfunktion gehört?«

»Ich mache es eben so. Leb damit oder lass es bleiben.«

Er seufzt. »Jetzt geht das schon wieder los. Was tue ich mir da an?«

Wie nett von ihm.

»Na, du hast doch angefangen. Also noch mal: Was willst du hier?«

»Okay, ich bin der Klügere und Erwachsenere …«

Ich muss mir auf die Unterlippe beißen, um nicht laut loszupoltern. Mist, das war doch mein Plan. Ich wollte die Erwachsenere und Klügere sein.

Ich beschließe, ihn mit seinen eigenen Waffen zu schlagen, indem ich ihm zuvorkomme. »Es tut mir leid, was ich gesagt habe«, beginne ich schnell. »Ich wollte es dir heute im Laden schon sagen, aber es gab irgendwie keine Gelegenheit. Also sorry, dass ich dich als Aufreißer und so bezeichnet habe. Das war ein blödes Vorurteil, ich weiß ja wirklich nichts von dir. Vielleicht habe ich dich, ohne nachzudenken, einfach in diese Schublade gesteckt, weil ich noch von Freddy genervt und enttäuscht war. In Wirklichkeit habe ich wahrscheinlich ihn vor mir gesehen, als ich dir die Worte an den Kopf geknallt habe. Ich weiß, ich habe mit dem ganzen Blödsinn angefangen, habe deine Scheibe beschmiert, das war nicht nett. Auch diese Neckereien müssen nicht sein. Und du kannst aufreißen, wen immer du willst, es steht mir nicht zu, darüber zu urteilen. So.«

Er sieht mich an, und mit einem Mal lächelt er. »Hat da gerade jemand sein Herz geöffnet?«

»Du bist echt unglaublich.« Entrüstet schüttele ich den Kopf.

»Ich schätze das wirklich, Lele. Aber weißt du, was ich auch glaube? Du wolltest mir zuvorkommen, richtig?«

»Was? Nein, womit denn?«

»Mit der Entschuldigung.«

Klar hat er mich irgendwie durchschaut, doch das werde ich natürlich nicht zugeben. »Du spinnst. Also, was wolltest *du* sagen?«

»Okay, was wollte ich sagen? Eigentlich … nichts. Ich bin nur wegen des Dienstplans hier.«

Ich kann es nicht glauben. »Wie bitte?«

»Ja, warum nicht?«

So ein unfassbarer Idiot.

»Und was ist mit dem Dienstplan?«

»Nichts.« Er grinst. »Aber ich nehme deine Entschuldigung an, liebe Lele. Freut mich, dass du das Ganze eingesehen hast. Ich bin wirklich nicht nachtragend, sondern froh, dich im Team zu haben. Und ich weiß, dass du eigentlich ein großes Herz hast. Wie ein Engel, da muss ich deiner Oma Recht geben.«

Das sind ja ganz neue Töne aus seinem Mund. Irgendwie tun sie mir gut, aber das verrate ich ihm natürlich nicht. »Der Stern hat mich echt verflucht, er will mich in den Wahnsinn treiben«, sage ich.

»Warum hat er mich ausgerechnet deine Schaufensterscheibe beschmieren lassen?« Ich seufze tief. »Also, was ist jetzt mit dem Dienstplan?«

»Ach so, ja, könntest du morgen bis zum Abend bleiben? Zusammen mit Peter und mir, Tanja müsste früher weg.«

»Ist okay, ich habe doch sowieso erst die Nachmittagsschicht. Deswegen bist du also hergekommen? Wegen etwas, das bereits klar war?«

Nikolai grinst nur – und dann passiert es. Er zieht mich an sich, und wir sind uns ganz nah.

»Ach so, warte, da war doch noch was«, raunt er mir zu.

»Und was?«

»Ich wollte mich auch bei dir entschuldigen. Du bist zwar echt nervig, aber was ich gesagt habe, war fies, ehrlich. Ich habe das nicht so gemeint, offen gestanden mag ich dich wirklich. Und ich weiß nicht mal, warum. Es ist wie verhext.«

Er mag mich?

Mein Herz klopft mittlerweile heftig, und ich habe das Gefühl, dahinzuschmelzen. Was ist das nur mit ihm und mir?

Noch immer sind wir uns so nah. Will er mich küssen? Und will ich das? Verdammt. Sein Blick versinkt beinahe in meinem.

»Du magst mich?«

»Ja!«

»Okay, aber …«

Er tritt einen Schritt zurück und lächelt. »Gut, dass wir das geklärt haben, Lele.«

Mein armes Herz. Verdammt.

»Gehst du jetzt etwa?«

»Klar, aber wir sehen uns ja morgen im Laden. Also, bis dann.«

Mit diesen Worten wendet er sich ab, während ich dastehe und mich frage, was das gerade war. Was das ist. Aber wenigstens haben wir die Sache geklärt, oder?

Der Retter in der Not

Ja, wir haben die Sache geklärt, und Nikolai hat mir gesagt, dass er mich mag, dennoch haben wir in den nächsten Tagen kaum etwas miteinander zu tun. Nikolai scheint das aber auch nicht weiter zu stören. Vielleicht ist es ihm sogar recht, wobei … An dem Abend, als er bei mir war, dachte ich irgendwie schon, dass er mich küssen wollte.

Unfug. Und wenn schon, dann heißt das noch lange nicht, dass ich ihn auch geküsst hätte. Ich will es nicht und mein Herz auch nicht. Und doch schlägt es verräterisch schneller, wenn ich Nikolai begegne.

So auch, als ich eines Abends erneut beim Ausschenken mithelfe und sehe, wie er mit einer Frau flirtet. Zumindest wirkt es so, denn er unterhält sich ziemlich intensiv mit ihr. Aber das muss mir egal sein, rede ich mir ein, Nikolai kann machen, was er will. Und so ist es ja auch. Zudem habe ich hier am Stand genug zu tun.

Als der Ansturm für kurze Zeit etwas weniger wird, lasse ich meinen Blick über die Menge schweifen. Der Duft der weihnachtlichen Gewürze weht mir um die Nase, und mein Herz beruhigt sich. Doch auf einmal fährt mir der Schreck in die Glieder, denn ich entdecke Freddy mit seinen Knubbelohren. Zielstrebig kommt er auf unseren Stand zu. Das darf doch jetzt nicht wahr sein! Was macht er hier? Blöde Frage, wahrscheinlich will er Glühwein trinken. Wie auch immer, er ist da.

Verdammt, er darf mich nicht sehen, also ducke ich mich schnell und hoffe, dass es noch nicht zu spät war.

Peter sieht stirnrunzelnd zu mir herunter. »Alles okay bei dir?«

Ich schüttle den Kopf. »Der Kerl mit der grünen Jacke, bitte, ich will ihn nicht sehen«, flüstere ich, und Peter nickt. Zum Glück fragt er nicht weiter nach.

Dann ertönt auch schon Freddys Stimme: »Zwei Glühwein bitte, einen für mich, einen für meinen Schatz.«

Einen für meinen Schatz!? Dieser Idiot. Unsere Trennung scheint er ja echt schnell verdaut zu haben. Klar, er hatte sich ja längst anderweitig beschäftigt.

In diesem Moment zucke ich erneut zusammen, denn die Stimme, die ich nun hinter mir höre, ist mir ebenfalls vertraut. »Lele, kannst du mir mal sagen, was du da machst?«

Nikolai. Ein lächelnder Nikolai. Auch das noch.

Verdammt, verdammt.

Ich drehe den Kopf in seine Richtung. »Ich suche nur was«, raune ich ihm zu.

Nikolai tritt neben mich und mustert Freddy mit hochgezogenen Augenbrauen. Dann wendet er sich mir zu und lächelt erneut. »Ach, Liebling, nun komm schon hoch. Das kannst du später auch noch suchen. Du solltest mir mal bitte kurz helfen, ich brauche unbedingt deine Meinung zu dieser großen Lebkuchenbestellung.«

Liebling? Verdattert sehe ich ihn an. Er braucht meine Meinung? Doch dann kapiere ich: Nikolai hat verstanden, was los ist, und will mir helfen.

Ich räuspere mich. »Na klar, mein Lebkuchenmann.« Ich erhebe mich wieder und stelle mich neben Nikolai. Lebkuchenmann. Auweia!

Nikolais Grinsen könnte jetzt breiter nicht sein. Was habe ich da nur von mir gegeben? Aber hey, es soll ja auch echt wirken, oder?

»Lele?«, fragt Freddy erstaunt. »Du arbeitest hier? Na, das ist ja eine Überraschung. Aber war ja klar, dein Chef fand die Aktion auf dem Christkindlesmarkt auch nicht so lustig, oder?«

Neben ihm steht seine neue Freundin. Kurz betrachte ich die beiden, ehe ich gespielt überrascht antworte: »Bitte? Ach, Freddy! Mit Freundin, nicht wahr?«

»Hey«, begrüßt sie mich und klimpert mit ihren künstlichen Wimpern. Abschätzig mustert sie mich von oben bis unten, sodass ich mir vorkomme wie auf dem Präsentierteller. »Das ist deine Ex-Freundin, oder?«, fragt sie Freddy mit leicht quiekender Stimme. »Die, die nicht drüber hinwegkommt?«

Echt jetzt? Ich schlucke. Das ganze Schauspiel hier ist so was von demütigend. Der werde ich es zeigen. Am liebsten würde ich ihr die Augen auspusten, so wie es das Christkind mit den neugierigen Kindern macht. Das ist so eine Drohung, die ich aus der Kindheit kenne. An Heiligabend war die Tür zum Wohnzimmer immer verschlossen, dort stand nämlich der Weihnachtsbaum mit den Geschenken, die das Christkind gebracht hatte. Damit ich ja nicht durchs Schlüsselloch gucke, um zu sehen, was ich vom Christkind bekommen habe, drohte meine Oma immer damit, dass das Christkind mir die Augen auspustet, wenn ich mich nicht an das Verbot halte. Na ja.

Ausgerechnet Nikolai rettet mich ein zweites Mal aus meiner misslichen Lage und sorgt dafür, dass ich mich beruhige. »Ach, wie lustig, aber Lele kann das nicht sein. Sagtest du nicht, Liebling, dass dein Ex mehrere Frauen hatte? Egal, das geht uns ja nichts an. Hilfst du mir jetzt bitte mal? Du weißt schon, die Bestellung.« Er legt mir den Arm um die Schultern, und ehe ich mich versehe, zieht er mich an sich und drückt einen sanften Kuss auf meine Lippen.

Verdammt. Dieser Moment … Mit einem Mal ist es, als würde um uns herum alles verstummen. Als wäre da niemand mehr, nur wir beide. Seine Lippen auf meinen. Der Geschmack von Lebkuchen, Liebe und so viel mehr. Als wären wir in einer eigenen kleinen Welt, obwohl es sich nur um ein paar Sekunden handelt. Freddy interessiert mich nicht, ebenso wenig seine Neue, nicht mal die Tatsache, dass die beiden mit offenem Mund dastehen.

Als Nikolais Lippen sich wieder von meinen lösen, dauert es kurz, bis ich mich wieder gefangen habe. Dann straffe ich die Schultern und sehe Freddy mit erhobenem Kopf an. »Darf's sonst noch was sein?«, frage ich. Meine Stimme ist so kühl wie die Temperatur an diesem Dezemberabend und wie der Blick seiner neuen Freundin, die jetzt wohl einige Fragen an ihn hat.

Freddy schüttelt den Kopf, worauf ich mich bei Nikolai einhake und mich an ihn schmiege. »Ich bin schon bei dir, Schatz«, säusele ich, ehe wir uns abwenden und Freddy mit seiner Chortussi ohne ein weiteres Wort einfach stehen lassen.

Kaum haben Nikolai und ich die Backstube betreten, wo wir ungestört sind, prusten wir ausgelassen los.

»Das Gesicht von deinem Ex war schon recht unterhaltsam«, meint er.

Ich nicke und halte mir den Bauch. »Finde ich auch. Aber auch sie – oh mein Gott, wenn Blicke töten könnten … Allein dafür hat es sich gelohnt, dass ich deine Scheibe beschmiert habe.«

»Dann war der Stern also doch für etwas gut?«

Hat er das wirklich gerade gesagt?

»Ja, ich denke schon. Vermutlich, also … keine Ahnung.«

Kurz blicken wir uns intensiv an.

»Lebkuchenmann? Echt jetzt?« Nikolai grinst.

»Sorry, mir ist nichts Besseres eingefallen.«

Erneut liegt ein Knistern in der Luft, und mir wird ziemlich warm. Ich muss mich wieder fangen. »Also gut, ich … ich gehe dann mal zurück nach draußen, Peter braucht sicher Hilfe. Die beiden dürften inzwischen ja weg sein.«

»Ja, ich denke auch.« Noch immer betrachtet er mich mit einem breiten Grinsen.

»Was ist denn?«, frage ich. »Habe ich etwas im Gesicht?«

»Danke, lieber Nikolai«, antwortet er.

»Ähm, was?«

»Nun, das ist doch das Mindeste, das du sagen kannst, nachdem ich dich gerade vor deinem Ex-Freund und dessen neuer Flamme gerettet habe, oder?«

Ach, das meint er. »Ja, okay. Also danke, lieber Nikolai! Das war super von dir.«

»Gern geschehen, liebe Lele.«

Er tritt noch näher an mich heran. Verdammt, schon wieder poltert es unruhig in meiner Brust.

»Sonst noch was?«

Irgendwie kann ich gerade nicht anders, als auf seine Lippen zu blicken. Sofort ist da wieder dieses Gefühl, das sie vorhin während des Kusses in mir ausgelöst haben.

Mist. Das darf doch nicht sein.

Nikolai lächelt und beißt sich dabei leicht auf die Unterlippe. »Ich weiß nicht. Gibt es sonst noch was?«

»Ähm, nein, ich wüsste nichts.«

So verführerisch die Situation ist, so bescheuert mein Herz auch klopft, es darf nicht sein. Nikolai hat mir geholfen, mehr nicht.

»Du brauchst mich nicht so anzusehen«, sage ich. »Du bist mein Chef, und nur weil du jetzt vielleicht glaubst, dass ich dir dankbar bin, küsse ich dich noch lange nicht. Außerdem …«

»Außerdem was?«

»Außerdem hast du mich in den letzten Tagen nur ignoriert und warst ja immer gut beschäftigt.«

»Ich war beschäftigt?« Er hebt eine Augenbraue. »Falls du damit etwas anderes meinst, als dass ich Lebkuchen gebacken habe, würde mich das sehr wundern. Hast du das wirklich so empfunden?«

»Ja, dann wundere dich mal.«

»Lele, kann es sein, dass du gerade wieder anfängst, dich mit mir zu streiten? Ich dachte, wir hätten das Kriegsbeil begraben?«

»Haben wir auch. Also, ich muss dann mal wieder nach draußen.«

Warum bin ich nur so? Vielleicht, weil ich mich schützen möchte. Mich und mein unruhiges Herz, das in Nikolais Nähe die Kontrolle verliert. Und weil ich mich nicht in etwas verrennen will, denn in seiner Gegenwart spielt nicht nur mein Herz, sondern mein gesamter Körper verrückt.

Ich will mich gerade abwenden, als Nikolai mit einem Mal noch näher zu mir herkommt. »Eines muss ich dir noch sagen: Ich kann diesen Freddy nicht verstehen. Was will er mit ihr, wenn er dich haben kann?«

Verdammt, damit hat er mich irgendwie … erwischt, mein Herz umarmt. Doch es darf nicht sein.

»Ach ja? Und das sagst du jetzt einfach so?«

Er nickt.

»Das solltest du aber nicht, ich meine …«

Von draußen ertönt ein Poltern, ein Klirren, als wäre etwas zu Bruch gegangen.

»Peter braucht mich bestimmt«, sage ich.

Nikolai nickt nur, und ich verlasse die Backstube mit einem komischen Gefühl im Bauch. Einer Mischung aus Aufregung und Hitze. Hat er das gerade wirklich so gemeint?

Eines muss ich dir noch sagen: Ich kann diesen Freddy nicht verstehen. Was will er mit ihr, wenn er dich haben kann?

Nikolais Worte hallen mir wieder und wieder durch den Kopf. Und ich frage mich, was da zwischen uns passiert ist. Ist es am Ende doch irgendwie ein Wunder?

Als ich zurück an den Glühweinstand komme, wirft mir Peter einen merkwürdigen Blick zu. In der Hand hält er eine zerbrochene Tasse.

»Entschuldige«, sage ich. »Hat etwas länger gedauert.«

Er nickt. »Alles gut.« Dann grinst er.

»Was ist?«

»Nichts.« Er grinst noch immer, und ich räuspere mich.

»Soll ich weiter ausschenken? Oder lieber was wegräumen?«, will ich wissen.

»Ausschenken wäre super.«

Ohne ein weiteres Wort mache ich mich gleich an die Arbeit. Ich weiß nicht, was Peter sich gerade denkt, es ist jedenfalls ein blödes Gefühl. Wahrscheinlich glaubt er, Nikolai und ich hätten was am Laufen. Aber das stimmt ja nicht. – Mist, es stimmt doch. – Nein, stimmt überhaupt nicht. Ich beschließe, nicht weiter darüber nachzudenken, denn das macht jetzt keinen Sinn.

Je weiter der Abend voranschreitet, desto ausgelassener wird die Stimmung unter den zahlreichen Besuchern. Auch Herr Liebermann taucht irgendwann noch am Stand auf. Er, der sonst immer tagsüber vorbeikommt, hat heute zwei Herren seines Alters dabei, vermutlich Freunde von ihm.

Ich lasse es mir nicht nehmen, ihnen Hallo zu sagen. »Na, alles gut bei euch?«, frage ich und sehe lächelnd in die Runde.

»Aber klar«, antwortet Herr Liebermann. »Lele, darf ich vorstellen: Das sind meine besten Freunde Heinz und Kalle.«

Die beiden nicken freundlich und prosten mir mit ihren Glühweinbechern zu.

»Ich muss sagen, Sie passen wirklich gut hierher«, meint Heinz und deutet auf mein Kostüm. »Ein Engelchen, wie es im Buche steht. Zwar kein blonder Engel, aber mit Augen, die so warm und braun sind wie die eines Rehs. Ein besonderer Engel, das haben wir auch schon zu Nikolai gesagt.«

Lächelnd winke ich ab. »Na ja, das ist wohl ein wenig übertrieben, aber danke.« Trotzdem freue ich mich über die lobenden Worte.

Während die Herren noch mal anstoßen und auf mich trinken, entdecke ich Nikolai, der mittlerweile die Backstube auch wieder verlassen hat und Peter etwas an den Getränketanks zeigt. Unsere Blicke treffen sich für einen Moment, und abermals wird mir warm im Bauch. Was ist nur los mit meinem Herzen? Schon wieder rast es.

»Die Liebe ist doch etwas Schönes, oder?«, höre ich Herrn Liebermann sagen, und ich zucke zusammen.

»Liebe? Nein, also wirklich nicht«, entgegne ich. »Davon habe ich die Nase voll.«

Er lächelt. »Jaja, von wegen. Liebe wünscht sich doch jeder, besonders zur Weihnachtszeit. Und mal ehrlich, Ihr Blick ist gerade doch nicht zufällig zu Nikolai gewandert, oder?«

Ich muss daran denken, wie ich mit Theresa über Weihnachten und Wünsche gesprochen habe. Wie das alles mit dem Stern war. Ja, ich wünsche es mir schon, aber … nein, alles Unfug. Und der Stern … wobei, irgendwie hat er mich hierhergeführt, oder? Kurz blicke ich in den Himmel – und da ist er auch schon wieder.

Aber das ist doch bescheuert, oder?

»Alles gut, ich bin zufrieden mit dem, wie es ist«, antworte ich schnell.

Herr Liebermann schmunzelt. »Allerdings, dieses Gefühl habe ich auch.«

»Ach, Sie wieder …« Ich lache, aber es hört sich ein wenig gekünstelt an. »Unsinn, da ist nichts.«

Doch in meinem Kopf drehen sich die Gedanken. Ich fand es nett, dass Nikolai mir vor Freddy aus der Patsche geholfen hat und ich in dessen Augen jetzt nicht mehr dastehe wie die trauernde Verlassene. Was er gesagt hat, war schön, und ich frage mich, ob er es ernst meinte. Aber so aufregend es auch mit ihm war: Dass wir uns in den letzten Tagen aus dem Weg gegangen sind, hat auch gezeigt, dass es uns doch irgendwie unangenehm war, oder? Als ob mit unserem Gespräch nicht alles geklärt gewesen wäre. Ob er mich vorhin küssen wollte? Wobei die Frage dann auch wieder ist, warum. Ach herrje, ist das ein Gefühlsdurcheinander.

»Also, ich rieche da schon einen Hauch von Liebe. Magischer Liebe«, sagt jetzt auch noch Kalle und reißt mich damit aus meinen Gedanken.

Ich hebe die Hand und winke entschieden ab. »Ich rieche nur Glühwein. Darf ich euch noch einen bringen?«

Herr Liebermann überlegt kurz. »Vielleicht lieber einen Kinderpunsch, denn wenn ich noch mehr von diesem köstlichen Gebräu zu mir nehme, habe ich morgen früh nicht nur einen Kater, sondern eine ganze Katzenpension.«

Gelöst stimme ich in das Lachen der drei Herren ein. Heinz und Kalle schließen sich Herrn Liebermann an und bestellen ebenfalls Kinderpunsch.

Während ich die Tassen mit Punsch eingieße, steht Nikolai auf einmal neben mir. »Hey, alles gut?«

Er lächelt mich an, und verdammt, mein Herz schlägt schon wieder ziemlich schnell.

»Ja, alles gut«, antworte ich, worauf er grinst, mich leicht an der Hüfte berührt und sich dann abwendet.

Auweia!

In mir kribbelt es viel zu sehr. Das darf aber nicht sein, denn Nikolai ist aus verschiedenen Gründen tabu! Allein schon wegen meines Herzens. Weil ich so vieles nicht weiß und nicht verletzt werden möchte. Weil es keine Wunder gibt. Und weil das mit dem Stern Unsinn ist.

Schließlich mache ich mich auf, um Herrn Liebermann und seinen Freunden ihren Kinderpunsch zu servieren.

»So, da bin ich wieder mit Nachschub.«

Kalle lacht. »Also doch ein Engel.«

Ich deute einen kleinen Knicks an. »Stets zu Ihren Diensten.« Irgendwie fühle ich mich in der Gegenwart der drei Herren so gelöst, beinahe ein wenig ausgelassen.

Ohne nachzudenken, schweift mein Blick erneut nach oben zum Himmel. Er ist ganz klar, die Sterne funkeln. Es ist zwar kalt in dieser Winternacht, dennoch spüre ich so viel Wärme.

»Schön, oder?«, fragt Herr Liebermann.

Ich nicke nur. Kurz habe ich mich wirklich in diesem Moment verloren. Ein Lächeln macht sich auf seinen faltigen Lippen breit, die von seinem weißen Bart umrahmt werden. Wenn ich ihn so betrachte, könnte er wirklich der Weihnachtsmann sein, das habe ich mir ja neulich schon mal gedacht. Aber das ist völliger Quatsch.

Er deutet nach oben. »Da ist er, der Stern.«

»Ja, und wissen Sie was? Der Stern hat mich in diese Situation gebracht«, entgegne ich mit einem tiefen Seufzer.

»Ach wirklich? Inwiefern?«

»Das ist eine lange Geschichte. Jedenfalls passiert immer, wenn ich den Stern sehe, irgendwas Verrücktes.«

»Das klingt spannend. Nun, ich bin bereit.«

»Ich mache es lieber kurz, sonst bekomme ich Ärger. Neulich abends habe ich den Stern in Nikolais Schaufensterscheibe entdeckt. Er hat mich auf ein Plakat mit meinem Ex-Freund aufmerksam gemacht, daraufhin habe ich in meinem Frust die Scheibe beschmiert. Deswegen arbeite ich ja überhaupt hier.« Ich versuche, ganz schnell alles zusammenzufassen, was der Stern meiner Meinung nach angerichtet hat.

Als ich fertig bin, lacht Herr Liebermann. »Und, gab es schon einen Kuss?«

»Was? Mit wem?«

»Mit dem Chef. Es scheint ganz so, als ob er Sie auch mag.«

»Nein, also …«

»Also ja. Wie hat es sich denn angefühlt?« Er schmunzelt und blickt mir fest in die Augen.

»Es war nur ein ganz kleines Küsschen, weil er mir geholfen hat mit meinem Ex-Freund …«

»Ganz klein, soso.«

»Wirklich. Mein Herz ist gar nicht bereit für irgendwelche Gefühle.«

»Und was ist mit der Liebe?«

»Die Liebe, die ist kompliziert. Und sie tut weh, weil sie einem das Herz bricht.«

»Aber nur, wenn man es an den Falschen verliert. Wenn die wahre Liebe zuschlägt, kann man sich nicht dagegen wehren. Sie ist diese Magie über allem, so hell wie der Stern.«

Erstaunt sehe ich ihn an. »Sie sind wirklich romantisch, das muss ich schon sagen.«

»Ich weiß.« Herr Liebermann lächelt. Sein Blick wandert zu Nikolai. »Und ich lege noch einen drauf: Wenn sich zwei Herzen finden, dann ist es ein Wunder. Aber man muss sein Herz schon dafür öffnen. Denn ein Wunder kann einem nur widerfahren, wenn man offen dafür ist. Und ich glaube, Sie beide …«

Was soll ich darauf antworten? Zumal vor dem Ausschank noch ein paar Leute warten.

»Ja, mal sehen. Also habt es noch schön, bis dann«, sage ich daher nur noch zu den dreien, ehe ich wieder zurück an den Stand gehe, wo Peter bereits mit dem Aufräumen begonnen hat.

Ein Blick zur Uhr zeigt mir, dass bald Feierabend ist. Ich bediene die letzten Kunden, während Peter die Stehtische abräumt und sie zurück in den Hof trägt.

Unwillkürlich suchen meine Augen Nikolai. Ob es doch ein Wunder ist, dass ich hier bei ihm bin? Ich entdecke ihn schließlich ein wenig abseits. Aber von wegen Wunder. Natürlich ist er nicht allein, bei ihm steht eine junge Frau mit langen blonden Haaren. Die beiden unterhalten sich angeregt. Na toll.

Ich wende mich ab und beschließe, mir das alles aus dem Kopf zu schlagen. Da ist nichts, und so wird es auch bleiben.

»Also, ich bin dann mal weg«, ruft Peter in diesem Augenblick.

»Ja, mach's gut und bis übermorgen.« Ich winke ihm zu und sehe mich um. Eigentlich könnte ich ebenfalls Schluss machen, am Stand ist alles sauber und aufgeräumt, und der letzte Besucher ist auch bereits gegangen.

Aber wo ist Nikolai - oder ist er schon weg?

Ich will gerade nachsehen, ob er in der Backstube ist, als er mit einem Mal vor mir steht.

»Hey«, sagt er und sieht mich an.

»Hey.«

Oh, dieser Duft, der von ihm ausgeht. Diese verdammten Lebkuchengewürze. Und mein Herz. Es ist … so ein ganz und gar anderes Gefühl.

»Kannst du mir bitte kurz helfen, die Bleche wegzutragen?«, reißt er mich aus meinen Gedanken. »Es geht schneller, wenn wir es zusammen machen.«

»Klar«, antworte ich und mustere seine breite Brust. Warum tue ich das nur?

Nikolai deutet auf die Backbleche, die er wohl erst vor ein paar Augenblicken aus dem Ofen geholt hat. »Die müssen dort rüber, damit sie richtig auskühlen können.«

Durch das Fenster sehe ich den Stern, wieder funkelt er ganz hell. Das ist doch nicht möglich.

»Verzierst du die Lebkuchen morgen?«, will ich wissen, nachdem wir die Bleche abgestellt haben.

Er nickt. »Ja, heute sind wieder einige Bestellungen reingekommen. Erst vorhin habe ich einen größeren Auftrag an Land gezogen.«

»Vorhin? Als du …« *Mit der Blondine geflirtet hast,* will ich sagen, verkneife es mir aber. »Was sind eigentlich deine Lieblingslebkuchen?«, frage ich rasch.

Er antwortet mit einer Gegenfrage und zwinkert mir zu. »Was sind denn deine?«

»Ich mag am liebsten die mit dunkler Schokolade und Mandeln.«

»Ich auch. Wir haben also ein Match. Ein Lebkuchenmatch.« Er lächelt.

Ohne dass ich es beeinflussen kann, sind da gleich wieder diese Gefühle in mir, die ich nicht haben will.

Nikolai greift nach einem Lebkuchen und beißt hinein. »Nimm dir ruhig auch einen.«

»Ich kann doch nicht einfach naschen. Was der Chef wohl dazu sagt?«

Er grinst. »Das geht schon in Ordnung.«

»Na schön.« Ich nehme mir ebenfalls einen Lebkuchen. Er schmeckt wie immer wundervoll, zartschmelzend und weich, samtig, schokoladig. »Hmm«, seufze ich. »Die sind aber echt gut. Hast du etwas anders gemacht als sonst?«

»Erraten.« Er reckt den Daumen nach oben. »Ich versuche manchmal neue Kreationen, diese hier hat einen höheren Fruchtanteil. Mein Ururopa hat sie gern so gebacken. Ich möchte jetzt auch noch ein paar andere Zutaten hineingeben, eine besondere Gewürzmischung - ebenfalls ein altes Rezept aus meiner Familie.«

»Heute Abend noch?«

»Warum nicht?«

Ich zucke die Schultern. »Na ja, es ist schon spät. Ich dachte, du hast was anderes vor, zum Beispiel heimgehen, schlafen ...«

»Das wollte ich auch, aber ...« Er sieht mich intensiv an. »Hast du schon mal Lebkuchen gebacken?«

»Ja, das ist aber schon lange her. Als Kind mit meiner Oma.«

»Hast du Lust, das Rezept mit mir auszuprobieren?«

»Jetzt gleich?«

»Wenn du möchtest und nicht zu müde bist?«

Ich hebe eine Augenbraue. »Nimmst du immer alle Mädels mit in die Backstube?«

»Ach, Lele ...« Er grinst. »Ist das ein Ja?«

Nachdem ich kurz überlegt habe, nicke ich. »Okay, es ist ein Ja.«

»Also prima, Schürze anziehen, dann kann es auch schon losgehen.« Nikolai nimmt eine frische Schürze aus dem Regal, und als er sie mir umbindet, kribbelt es heftig in meinem Bauch.

Während ich Nikolai helfe, die Zutaten bereitzustellen, frage ich mich, warum wir das hier machen. Aber irgendwie ist es doch schön.

Nikolai reicht mir eine Metallschüssel, die ich vor mir auf dem Tisch abstelle. »Also, zuerst schlagen wir die Eier, den Zucker und den Honig schaumig«, erklärt er mir.

Ich weiß nicht, was es ist, aber mit einem Mal liegt ein Hauch von Magie in der Backstube. Während ich rühre, mahlt Nikolai die Nüsse und hackt das Zitronat und das Orangeat mit einem großen Messer ganz fein.

»Jetzt mischen wir alles zusammen. Besonders wichtig sind die Gewürze.« Er greift nach der vorbereiteten Gewürzmischung und schüttet sie zu den anderen Zutaten in die Schüssel. Prompt steigt mir ein unbeschreibliches Aroma in die Nase, dazu noch Nikolais Duft …

»Fertig.« Als er nun kurz meine Hand berührt, kribbelt es abermals in meinem Bauch.

»Und jetzt?«

»Jetzt muss alles kalt gestellt werden. Mindestens eine Stunde, bevor man den Teig auf den Oblaten verteilen kann. Ich nehme dafür meistens einen speziellen Portionierer.«

Warum in aller Welt habe ich mein Herz nicht unter Kontrolle, wenn Nikolai in meiner Nähe ist? Ein Gefühl, das ich so noch nie hatte. Erneut sehe ich zum Fenster, wieder ist da der Stern. Und dazu noch Herrn Liebermanns Worte …

Das ist doch alles Unsinn.

»Eine Stunde Wartezeit ist aber etwas lang, oder?«, frage ich und streiche mir eine Haarsträhne aus der Stirn.

»Klar, du bist auch müde und willst nach Hause. Das verstehe ich.«

»Kann man den Teig denn mal probieren?«

»Nun ja, ich denke nicht, dass an den rohen Eiern etwas ist, also …«

Schon strecke ich den Finger aus und will ihn in die Schüssel tauchen, doch Nikolai hält mich zurück. »Wenn du mit deinen Fingern reingehst, war's das mit dem Teig.«

Ich lächle verlegen. »Stimmt, sorry.«

Er reicht mir einen Löffel, mit dem ich mir eine kleine Portion Teig absteche. Genüsslich schiebe ich ihn mir in den Mund. »Mmh, sehr gut.«

Er grinst. »Warte erst mal ab, bis die Lebkuchen gebacken sind.«

Während ich den Löffel weglege, lässt Nikolai mich keine Sekunde aus den Augen. Sein Blick ist intensiver denn je, und bevor ich noch einen einzigen Atemzug machen kann, kommt er ganz nah zu mir heran und legt seine Hand an meine Wange. »Du hattest da etwas Teig«, flüstert er.

Ich nicke, schmelze geradezu dahin. Er darf mich nicht so anfassen. Das darf nicht sein, er ist immerhin ja auch so etwas wie mein Chef. Es ist so vieles nicht geklärt, dennoch …

»Ich denke, wir machen lieber morgen weiter, es ist wirklich schon spät«, sagt er, und ich nicke.

»Okay.« Ich streife meine Schürze ab und gebe sie Nikolai, der sie zusammen mit seiner an einen Haken hängt. »Also dann, danke. Ich muss sagen, es hat echt Spaß gemacht.«

»Freut mich.« Er lächelt.

Als wir die Backstube verlassen und draußen im Gang unsere Jacken anziehen, spüre ich eine wohlige Wärme in meinem Bauch.

»Ich bringe dich heim«, meint Nikolai, während er die Ladentür abschließt.

Ich hebe die Hand. »Das musst du nicht, wirklich.«

»Ach, so ein kleiner Spaziergang tut doch immer gut.«

»Also schön, meinetwegen«, gebe ich nach, »dagegen habe ich nichts.«

Und so gehen wir gemeinsam los. Es sind schon noch Leute unterwegs, obwohl die Buden auf dem Christkindlesmarkt schon lange geschlossen haben. Alles wirkt friedlich und ruhig.

»Ich mag die Weihnachtszeit«, sagt Nikolai mit einem Mal. »Sie kann durchaus hektisch sein, aber auch friedlich. Irgendwie achtet man in dieser Zeit auf so viele Dinge, die man während des Jahres gar nicht bemerkt, findest du nicht?«

Ich zucke die Schultern. »Na ja, ich weiß nicht. Meinst du was Bestimmtes?«

»Ich finde, man schätzt die Familie in dieser Zeit mehr. Obwohl das ja eigentlich immer so sein sollte. Es ist aber auch diese besondere Stimmung. Das Jahr geht zu Ende, man blickt zurück, doch es liegt auch so vieles vor einem.«

»Ja, das stimmt schon«, antworte ich nachdenklich. Irgendwo hat er schon recht, und deswegen schmerzt in dieser Zeit auch vieles ganz besonders.

Als wir das Haus, in dem ich wohne, erreichen, deutet Nikolai nach oben in den Himmel. »Du sprichst ja immer von diesem Stern, heute leuchtet er auch sehr hell.«

Ich hebe ebenfalls den Blick und seufze. »Hör mir mit dem Stern auf, er ist gefühlt ständig überall.«

Nikolai lacht. »Richtig, er hat dich ja verflucht und ist schuld an allem. Wie kommst du eigentlich darauf? Du hast da etwas angedeutet …«

»Ach, meine Oma hat früher immer behauptet, dass der Stern Wünsche erfüllt. Manchmal habe ich ihm dann auch Wünsche zugeflüstert. Und an diesem Abend …«

»Dem Abend des pieselnden Rehs?«, vervollständigt er meinen Satz.

Jetzt muss ich ebenfalls lachen. »Ja, genau, da hat meine Freundin Theresa mich dazu überredet, ihm einen Wunsch zu schicken.«

»Ah, deswegen hast du den Zettel herumgeworfen.«

Ich spüre, wie meine Wangen rot werden. »Das war albern, ich weiß.«

»Nein, nein, ich mag diese Geschichten. Diesen Brauch mit dem Stern kenne ich übrigens auch.«

Wir sehen uns an, und wieder scheint die Luft zu flirren.

»Ehrlich?«

»Oh ja.« Mit einem Mal wirkt er geheimnisvoll – oder bilde ich mir das nur ein?

»Dann hast du dir auch schon mal was gewünscht?«

»Vielleicht.«

Einen Moment lang stehen wir schweigend da.

»Also dann, ich gehe mal rein«, sage ich verlegen, worauf Nikolai zu grinsen beginnt.

»Was ist?«

»Der Stern – ich habe da so eine Idee.«

Ich ziehe eine Augenbraue nach oben. »Ach ja?«

»Vielleicht hat der Stern dich auch zu mir geschickt, weil es so sein soll.« Sein Blick ist tief, und ich atme seinen Duft ein. Diese Mischung aus Gewürzen, die mein Herz schneller schlagen lässt. Okay, wie kommt er darauf? Wie auch immer.

In der Luft liegt eine Magie, von der ich gar nicht sagen kann, woher sie kommt. Auf einmal zieht Nikolai mich an sich, und dann … beugt er sich vor und küsst mich. Verdammt, dieses Gefühl, das nun durch mich hindurchrauscht, ist unbeschreiblich. Mein Herz droht vor Aufregung zu zerspringen, aber gleichzeitig fühlt es sich angekommen.

Nein, ich darf das nicht denken. Es ist bescheuert. Und doch fällt es mir unsagbar schwer, damit aufzuhören. Ich muss mich regelrecht von Nikolai losreißen und taumele einen Schritt nach hinten.

»Sorry …«

Aber Nikolai schüttelt den Kopf. Sein Blick wird derart intensiv, dass ich ihm kaum mehr standhalten kann. Und dann bin ich diejenige, die auf ihn zugeht, und unsere Lippen vereinen sich zu einem erneuten Kuss. Erst wilder und fordernder, wird er mit einem Mal ruhiger. Zärtlich, samtig zart streichen seine Lippen jetzt über meine, und mein Herz schlägt so heftig, dass es jeden Moment zerbrechen muss.

»Wow«, haucht er, als er sich von mir löst.

»Nichts zu meckern?«

»Hm, mal sehen.« Er küsst mich erneut, noch tiefer. Unsere Zungenspitzen ertasten sich.

Die Wärme, die nun in mir überhandnimmt, fühlt sich an wie das frischeste Gebäck, das auf der Zunge schmilzt. Da ist sein Duft nach Lebkuchen und Zimt, dieses Wirbeln in meinem Bauch, wie ein Schneesturm, der nie endet. Ich will mehr, und so lasse ich es zu, dass seine Hände zu meiner Taille hinabwandern. Seit einer gefühlten Ewigkeit spüre ich wieder meinen Körper.

»Was für ein Kuss«, flüstere ich irgendwann.

»Ja, war schon ganz gut.« Nikolai sieht mich an, und sein Lächeln zieht mir beinahe den Boden unter den Füßen weg.

»Ganz gut, ja klar.«

Ich weiß, er sollte gehen, wir dürfen das hier nicht tun. Es bringt doch nichts. Aber … es ist auch so gut.

»Also?«, fragt er mit einem Augenzwinkern. »Noch mal?«

»Ich dachte, der Kuss war für dich nicht so gut?«

»Ach, sei still«, entgegnet er nur noch, ehe wir uns schon in der nächsten Sekunde erneut küssen.

Es gibt keinen Grund

»Theresa, hörst du mich?«

Mit dem Handy am Ohr trete ich am nächsten Morgen aus der Haustür. Wieder einmal brauche ich meine beste Freundin, um ihr mein Herz auszuschütten.

»Natürlich höre ich dich. Was ist denn los, und warum redest du so leise?«

»Ich habe Mist gebaut, großen Mist, wieder mal.«

Sie seufzt. »Okay, was hast du angestellt?«

»Ich habe mit meinem Boss rumgemacht«, presse ich über die Lippen. Obwohl ich gerade mal so laut gesprochen habe, dass Theresa mich versteht, dreht sich eine Passantin zu mir herum. Die weißhaarige Frau ist in einen warmen Mantel gehüllt und starrt mich mit offenem Mund an.

»Mit Nikolai?«

»Klar, mit wem sonst?«

Währenddessen reihe ich mich in die Schlange am Kiosk um die Ecke ein, um einen, nein, besser zwei Kaffee zu holen.

»Oh, wie schön!«

Ich rolle mit den Augen, lache dann aber doch. »Haha, sehr witzig. Nein, es ist nicht schön, es ist … das durfte nicht passieren.«

Natürlich habe ich ihr schon erzählt, was sich in der Zwischenzeit ereignet hat.

»Warum? Ich meine, irgendwas scheint da ja zu sein zwischen euch. Aber sag mal, du keuchst so. Wo bist du denn gerade – und wo ist er?«

»Er ist noch bei mir daheim«, antworte ich. »Ich hole nur eben Kaffee. Hab wieder vergessen, welchen einzukaufen.«

»Er hat bei dir geschlafen?«

»Ja, keine Ahnung, warum.« Als ich nun an die Reihe komme, klemme ich mir das Telefon zwischen Schulter und Ohr und bestelle zwei Latte. »Ich wollte es dir nur erzählen. Was soll ich denn jetzt tun?«

»Hat es Spaß gemacht?«

»Na ja, es … es war schon heiß. Aber auch verrückt, dass es überhaupt passiert ist. Mein Herz, es dreht komplett durch in seiner Nähe.«

»Das ist doch schön, Lele.«

»Ist es nicht, weil es in einem Chaos enden wird. Weil er mein Boss ist! Und er ist ein Frauenheld, auch wenn er so tut, als würde das überhaupt nicht stimmen. Aber ich … verdammt.«

Theresa scheint kurz zu überlegen, ehe sie antwortet. »Ich dachte, wir hätten das hinter uns. Warum glaubst du das denn?«

»Na ja, ständig sind Frauen da und … keine Ahnung.«

»Schon mal daran gedacht, dass er dich mag, dass er auch Gefühle für dich entwickelt hat?«

»Ich weiß nicht …«

»Du wieder. Genieße es doch einfach. Jetzt geh erst mal zurück nach Hause und melde dich später noch mal bei mir.«

»Okay, ich werde es versuchen«, sage ich mit einem leisen Seufzer.

Nachdem ich aufgelegt habe, stecke ich das Telefon in meine Jackentasche, denn nun brauche ich beide Hände, um die Kaffeebecher in Empfang zu nehmen.

Als ich wieder zu Hause bin und die Tür aufschließe, ist es still in meiner Wohnung. Er wird doch nicht einfach abgehauen sein?

Doch dann höre ich das Rauschen der Toilettenspülung. Kurz darauf erscheint Nikolai in der Badezimmertür und lächelt mir zu. »Morgen.«

Ich hebe die beiden Becher hoch. »Morgen. Ich habe Kaffee geholt.«

»Hast du keinen Kaffee hier?«

»Hab vergessen, welchen zu kaufen«, gestehe ich ein wenig verschämt.

Sein Grinsen wird noch breiter. »Warum wundert mich das nicht?«

»Weiß ich nicht, sag du es mir.« Ich gehe auf ihn zu und reiche ihm einen der Becher.

Nachdem wir uns mit dem Kaffee auf die Couch im Wohnzimmer gesetzt haben, schweigen wir erst mal für eine Weile. Wahrscheinlich wissen wir beide nicht so recht, was wir nun sagen sollen.

Irgendwann ergreift Nikolai das Wort. »Okay, das kam schon unerwartet.«

Ich nehme einen Schluck Kaffee, ehe ich antworte. »Ja, sehr unerwartet.«

Er sieht mich wortlos an. Bereut er es?

Irgendwie habe ich Angst davor, was er als Nächstes sagen könnte, also lächle ich. »Na ja, jetzt ist es so, und mal ehrlich, alles ist gut, war doch auch keine große Sache. Wir waren beide ein wenig verwirrt oder so …«

Meine Augen hängen erneut an seinen weichen Lippen, ich kann meinen Blick einfach nicht von ihm lösen. Es war zu gut gestern. Mist.

»Okay, verwirrt, ja«, entgegnet er nur.

Hab ich es doch gewusst. Keine große Sache, genau so sieht er es.

»Klar, und es hat auch echt keinen Spaß gemacht«, fügt er hinzu, worauf mein Magen gefühlt eine Etage tiefer rutscht. Das kam jetzt aber schon unerwartet.

Ich räuspere mich. »Bitte?«

»Keine große Sache? Warum sagst du das, Lele? Ich finde, es war schön.« Irgendwie tun seine Worte meinem Herzen gut. »Aber …«

Ein Aber also.

»Oha, da ist es schon, dieses Aber … Mach dir keine Sorgen, es wird niemand erfahren, falls du das meinst«, sage ich schnell, weil ich vermute, dass seine Bedenken in diese Richtung gehen. Immerhin ist er mein Chef, und ich arbeite – noch – für ihn. Außerdem ist er ja kein Kind von Traurigkeit.

Weil er mich noch immer stumm ansieht, spreche ich einfach weiter, ohne lange nachzudenken. »Ich will nichts von dir, da sind keine Gefühle, zumindest nicht von meiner Seite. Wir sind ja auch beide frisch getrennt, da macht es wohl keinen Sinn, sich gleich wieder in etwas Neues zu stürzen und …«

»Okay, also gut, wenn du das sagst … Ich meine, wir fühlen uns ja auch gar nicht zueinander hingezogen.« Nun grinst er mich an. Veräppelt er mich etwa?

»Kannst du mal bitte ernst bleiben? Nein, eben gar nicht.«

Mist, mein Herz klopft schon wieder so schnell. Das ist ein Fluch, mit Sicherheit. Dieser Stern. Was treibt er nur?

Ich will noch etwas sagen, irgendwas, doch in diesem Augenblick klingelt Nikolais Handy. Er zieht es aus der Tasche, und als ich auf dem Display den Namen Jennifer erkenne, fährt ein fieser Stich in meinen Bauch.

Er stellt seinen leeren Kaffeebecher auf den Couchtisch und steht auf. »Also dann, wir sehen uns später im Laden?«, fragt er mit einem Lächeln.

Ich nicke.

Jennifer, gerade hat Jennifer angerufen. Meine Vorgängerin.

»Klar, nachher im Laden«, antworte ich nur und versuche, mir nichts anmerken zu lassen.

»Ist was?«

»Nein, alles gut.«

Ich begleite ihn noch hinaus in den Flur. Dort nimmt er seine Jacke von der Garderobe und schlüpft hinein. »Und es wiederholt sich auch nicht, richtig?«, fragt er. »Weil es ja keine große Sache war?«

Ich schüttle den Kopf. »Natürlich nicht, absolut nicht. Alles cool, wirklich.«

»Okay. Also bis später, Lele!«

Mit diesen Worten verlässt er meine Wohnung, während ich zurückbleibe und nicht weiß, was ich fühlen soll. Doch, ich weiß es: Ich darf gar nichts fühlen, denn gerade hat Jennifer angerufen. Und wer weiß, mit wem Nikolai sonst noch zugange ist.

Hör auf, so heftig zu schlagen, Herz, flüstere ich mir in Gedanken selbst zu. Du freust dich zwar, aber es gibt keinen Grund dafür.

»Das ist alles so bescheuert. Ich habe es gewusst! Jennifer … ich meine, warum ruft sie ihn an, Theresa? Das ist nicht gut, wirklich nicht, die ganze Sache hätte gar nicht passieren dürfen …«

Ich bin gerade auf dem Weg in den Laden. Ziemlich außer Atem haste ich die Straße entlang, während ich das Handy ans Ohr presse und meine Beine zittern.

»Du hast gesagt, es war keine große Sache, ihr wart verwirrt«, wendet sie ein.

»Was hätte ich sonst sagen sollen? Und hast du überhaupt zugehört? Jennifer hat angerufen!«

»Na und?«

»Nichts *na und*. Da ist noch eine andere Frau im Spiel, womöglich läuft da immer noch was. Aber das war's«, sage ich. »Das wird nie wieder passieren. Auch wenn mein Herz regelrecht durchdreht, wenn er in meiner Nähe ist.«

»Weil du dich in ihn verliebt hast.«

»Quatsch! Ich werde mich nie mehr verlieben, das habe ich mir nach der Sache mit Freddy geschworen.« Mittlerweile bin ich vor dem Laden angekommen. »So, ich bin jetzt da. Ich sollte dann mal reingehen, bin eh schon spät dran.«

»Du und nicht verliebt, also ehrlich. Ich sage dir nur eines: Rede doch mal mit ihm.«

»Über was denn?«

»Über Jennifer, dein Herzklopfen …«

»Ich muss jetzt reingehen«, sage ich noch einmal, weil ich natürlich nicht mit Nikolai reden will. Ich verabschiede mich also von Theresa und stecke das Handy in meine Tasche, ehe ich die Tür zum Laden öffne.

Wie immer um diese Zeit ist einiges los. An der Theke, hinter der Tanja mir lächelnd zuwinkt, hat sich eine ziemliche Schlange gebildet, und es sind fast alle Tische im Café besetzt. Rasch trete ich zu meiner Kollegin, um ihr zu helfen. Mein Engelskostüm trage ich zwar noch nicht, doch es muss auch mal ohne gehen. Die wartenden Kunden sind gerade wichtiger.

Als der Ansturm abgeflacht ist, gehe ich kurz nach hinten und werfe mich jetzt endlich in mein

Kostüm. Tanja verabschiedet sich in den Feierabend, während ich mit meiner Schicht beginne. Eigentlich fühlt sich alles ganz normal an. Peter sehe ich draußen im Hof, wo er den Glühweinausschank vorbereitet, und Nikolai ist mal wieder in der Backstube mit seinen Herzen beschäftigt. Es ist alles wie immer. Ja, genau wie immer.

Als es dunkel geworden ist und ich das Café geschlossen habe, gehe ich nach draußen, um Peter mit dem Glühwein zu helfen. Nikolai ist mir heute bislang kein einziges Mal über den Weg gelaufen. Dafür entdecke ich ihn jetzt. Nicht weit von mir entfernt steht er in der Menge und unterhält sich angeregt mit einer dunkelhaarigen Frau. Er hängt ihr ein Lebkuchenherz um den Hals und lächelt ihr zu.

So ein …

Aber nein, es geht mich nichts an. Rein gar nichts. Er kann tun, was er will.

Etwas später trage ich die benutzten Glühweintassen in die kleine Küche neben dem Verkaufsraum, um sie in die Spülmaschine einzuräumen. Ich schließe die Tür der Maschine wohl etwas zu energisch, denn auf einmal steht Peter neben mir.

»Alles okay?«, will er wissen.

Während ich noch immer das Bild von Nikolai und dieser Frau vor meinem geistigen Auge habe, murmele ich: »Klar, alles gut.«

»Ach nein!«

»Was?«

»Sag nur nicht, du himmelst den Chef an.«

»Was? Natürlich himmele ich den Chef nicht an!«

»War nur Spaß, reg dich nicht gleich so auf.« Er zwinkert mir zu, und auch wenn es vielleicht wirklich Spaß war, fühle ich mich ertappt.

Ich muss versuchen, in den nächsten Tagen mehr auf Abstand zu Nikolai zu gehen. Nicht dass noch jemand etwas ahnt, das will ich unter allen Umständen vermeiden.

Doch das ist gar nicht so einfach, denn plötzlich höre ich seine Stimme, und gleich darauf betritt er den Raum. Augenblicklich rast mein Puls.

»Lele, kannst du mir mal bitte in der Backstube helfen?«

Fragend sehe ich ihn an, nicke dann aber. Was will er nur von mir?

»Mit den Backblechen«, erklärt er.

Keine Ahnung, was er meint, trotzdem folge ich ihm.

Wir haben die Backstube noch gar nicht erreicht, da zieht er mich schon in einer dunklen Ecke im Flur an sich und küsst mich. Sein Kuss schmeckt so gut, dass mein Herz sich beinahe überschlägt. Dabei sollte ich klar denken, sonst renne ich noch in ein absolutes Unglück. Doch mein Herz, ja, es poltert, klopft heftig, erwartungsvoll. Frisch verliebt. Verdammt, ja, das ist es. Theresa hat recht. Und er, er nutzt das jetzt aus.

»Das geht nicht, Nikolai«, flüstere ich, nachdem sich unsere Lippen voneinander gelöst haben.

Dennoch landet sein Mund noch einmal auf meinem.

»Lele?«, höre ich mit einem Mal Peter rufen.

Mist. Schnell fahren wir auseinander, und ich fühle mich schrecklich. Was treiben wir hier nur?

»Kannst du bitte noch ein paar Tassen mitbringen?«

»Klar«, rufe ich zurück.

Nikolai sieht mich an. »Geh lieber wieder nach draußen, damit du nicht zu lange weg bist.«

»Okay, also dann …«

Schnell gehe ich zurück in die Küche, wo ich einige saubere Tassen auf ein Tablett stelle. Meine Gedanken sind jedoch noch immer bei Nikolai und unseren Küssen. Dabei spüre ich so ein heftiges Glück, dass ich fast verrückt werde. Warum sollte er mich küssen, wenn er mich nicht mag? Oder bilde ich mir da nur etwas ein?

Irgendwann ist es an der Zeit, den Ausschank zu schließen. Der Abend war anstrengend, und als ich alles aufgeräumt habe, bin ich wirklich erleichtert. Ich suche Nikolai und finde ihn zusammen mit Peter in der Backstube.

»Ich bin so weit fertig und würde jetzt gehen«, sage ich zu Nikolai.

Er nickt. »Klar, mach das ruhig, ich schließe dann ab.«

Okay, er lässt sich nichts anmerken. Aber in Peters Gegenwart macht das ja auch Sinn.

Während ich mich abwende, höre ich noch Nikolais Stimme: »Du kannst dann auch los, Peter. Ich habe ja jetzt noch einen Termin, ein Notfall.«

Daraufhin lacht Peter – und ich fühle mich komisch.

Einen Termin. Okay. Aber so spät noch?

Doch das geht mich wirklich nichts an. Ich meine, Nikolai kann doch tun, was er will. Dennoch finde ich es merkwürdig, dass er mich vorhin noch geküsst hat und sich jetzt irgendwie so … so abweisend verhält. Hat es vielleicht etwas mit Jennifers Anruf zu tun?

Pieselndes Reh sucht Hirsch

Als ich am nächsten Morgen aufwache, fühle ich mich alles andere als ausgeschlafen. Die ganze Nacht schwirrten die Gedanken in meinem Kopf herum. Von Nikolai habe ich nichts mehr gehört. Aber gut, er war ja auch mit seinem Notfall beschäftigt. Was auch immer das war.

Schließlich öffne ich neugierig WhatsApp und sehe, dass er zum letzten Mal um 5.30 Uhr online war. Okay, es ist bei ihm wohl später geworden, was mich eigentlich auch nicht wundert. Auf einmal entdecke ich, dass er jetzt ebenfalls online ist. Und wenn schon, denke ich mir und schließe WhatsApp wieder.

Nur wenige Sekunden später klingelt das Handy. Es ist Oma. »Engelchen«, singt sie ins Telefon, als ich rangehe.

Ich muss lächeln, ich liebe meine Oma einfach. »Hallo, Oma«, begrüße ich sie. »Alles gut bei dir?«

»Natürlich. Und bei dir?«

»Na ja, geht so, ich …«

Aber sie lässt mich nicht ausreden. »Du, bei dir müsste es gleich an der Tür läuten, Nikolai holt dich ab. Das wollte ich dir nur sagen. Eine ganz eilige Sache, er beliefert uns hier spontan mit Gebäck. Heute ist doch die große Weihnachtsfeier des Seniorenclubs, und diese andere Bäckerei hat kurzfristig abgesagt. Schrecklich so was, wirklich ein Unding. Du weißt schon Bescheid, oder?«

Was? Und auch noch jetzt gleich?

Ich schlucke. »Nein, ich weiß ehrlich gesagt von gar nichts.«

Ich will nicht Zeit mit Nikolai verbringen, denn dann würde mein Herz wieder verrücktspielen. Und ich merke mehr und mehr, dass ich es schützen muss.

»Warte, ich stelle dich mal laut«, sage ich und rufe meine Nachrichten auf. Nikolai hat mir tatsächlich gerade geschrieben.

Nikolai: *Könntest du mir kurz bei einer Auslieferung helfen? Wäre ohnehin schön, dich zu sehen.*

Wie auf Kommando geht mein Puls schneller. Na prima!

»Mist, er hat es mir geschrieben, aber gerade eben erst, und eigentlich kann ich echt nicht …«

»Ach papperlapapp, jetzt hör mal auf, immer so stur zu sein. Dann sehen wir uns also gleich. Dickes Küsschen!« Schon ist die Verbindung unterbrochen, sie hat aufgelegt.

Genervt rufe ich Nikolais Kontakt auf und wähle seine Nummer. Es tutet einmal, zweimal, dann geht er ran.

»Sag mal, ist das dein Ernst?«, falle ich ohne Begrüßung gleich mit der Tür ins Haus.

»Ja, also … Wenn es nicht geht, frage ich Peter. Aber er hat heute schon was vor, das er schlecht verschieben kann. Und Tanja kann im Laden nicht weg. Da dachte ich …«

»Und da dachtest du, ich habe auf alle Fälle Zeit, weil ich ja sonst nichts zu tun habe?« Mir wird bewusst, dass ich ihn schon ziemlich anschnauze. Verdammt.

»Nein, ich dachte, es wäre schön, wenn wir Zeit zusammen verbringen. Ich weiß, ich hätte früher Bescheid geben müssen, aber ich bin heute Nacht schon um halb vier in die Backstube, nachdem meine Oma sich gestern spätabends ganz aufgelöst gemeldet hatte. Und da habe ich es vergessen, tut mir echt leid. Ich wollte dich wirklich nicht verärgern.«

Ich schweige, denn ich weiß nicht, was ich nun antworten soll. War das am Ende der Notfall?

»Und?«, fragt er nach ein paar Augenblicken. Im Hintergrund höre ich ein Rauschen, vermutlich ist er schon im Auto unterwegs.

»Was und?«

»Na, hilfst du mir? Dann hole ich dich ab.«

»Wann? Jetzt?«

Was soll ich machen? Ja? Nein?

»Ja, Lele, jetzt gleich. Das heißt, in zehn Minuten.«

»Aber ich bin noch gar nicht fertig«, entgegne ich, denn ich habe keine Lust auf irgendwelchen Weihnachtsfirlefanz. Doch ich kann Nikolai auch nicht einfach so im Stich lassen. Und da ist ja schließlich auch noch Oma. Also sage ich zu, obwohl es mir alles andere als gelegen kommt. Denn ich hatte nicht den Plan, noch mehr Zeit als nötig mit Nikolai zu verbringen. Ich will ihn nicht mögen, mein Herz soll ihn nicht mögen.

»Also?«, hakt er nach.

»Na gut, dann bis gleich.«

Ohne ein weiteres Wort lege ich auf und renne ins Bad. Ich muss ja wenigstens retten, was noch zu retten ist.

Als ich bei Nikolai im Wagen sitze, mustert er mich grinsend. »Schick«, sagt er nur.

»Ach, sei still!«

»Warum? Ich finde den Pullover schön, mit einem Rentier vorne drauf. Oder ist das ein Reh? Vielleicht sogar ein pieselndes Reh?«

»Das soll ein Rentier sein, du Hirsch! Und den Pullover trage ich nicht für dich, sondern für Oma, sie hat ihn mir mal gestrickt.«

»Ich bin also ein Hirsch?« Er lacht. »Meinetwegen. Du hast auf alle Fälle Humor, genau wie deine Oma.«

Ich hebe eine Augenbraue. »Übertreib es nicht, sonst kannst du gleich alles alleine schleppen und aufbauen.«

»Okay, ich sage ja gar nichts mehr. Wobei ich mich schon frage, warum du heute Morgen so biestig bist.« Er startet den Motor, und wir fahren los.

Ja, warum? *Damit du mich bescheuert findest, damit die Sache mit meinem Herzen aufhört.*

»Wohin geht es überhaupt?«, will ich wissen.

»Zur *Alten Villa*.«

Ich nicke nur, dann lehne ich mich im Sitz zurück und blicke aus dem Beifahrerfenster, vor dem die Stadt an mir vorüberzieht. Im Wagen duftet es nach Gebäck, beinahe wie in der Backstube, weshalb meine Gedanken mit einem Mal abdriften. Als wir zusammen den Lebkuchenteig angerührt haben, das war wirklich schön.

»So ein Unsinn«, murmele ich. Ich muss aufhören, so was zu denken.

»Was ist?«, will Nikolai prompt wissen.

»Nichts!«

»Hat es etwas mit mir zu tun, dass du so sauer bist? So … merkwürdig?«

Ich drehe den Kopf zu ihm. »Nein, ich bin nicht sauer. Und ich bin auch nicht merkwürdig, ich bin eben so. Tja, dann magst du mich eben nicht mehr, oder?«

Nikolai hebt eine Braue, antwortet aber nichts. Kurze Zeit später parkt er den Wagen vor einem Haus am Prinzenregentenufer, das aussieht, als stamme es aus einer völlig anderen Zeit. Das ist also die *Alte Villa*. Wirklich sehr schön.

»Machst du das mit Absicht?«, fragt Nikolai, während wir aussteigen.

»Was? Nein!«

In diesem Augenblick kommen auch schon meine Oma und Regina auf uns zu.

»Ach, wie schön«, ruft Oma und umarmt mich überschwänglich. »Engelchen, du siehst ja toll aus! Wer hat dir denn so einen geschmackvollen Pullover gestrickt?«

Ich lache. »Du, Oma.«

»Ja, richtig, ich war das. Siehst du, Regina, was ich alles kann? Und Lele ist mindestens genauso talentiert.« Sie blickt zu ihrer Freundin, als warte sie auf Beifall. Ich würde echt gern mal wissen, was das mit den beiden immer ist.

Natürlich versucht Regina nun, Oma noch zu übertrumpfen. »Das ist schön, wirklich, aber sieh dir mal meinen Nikolai an. Junge, du bist so ein Goldschatz, hast extra wegen uns die halbe Nacht in der Backstube verbracht. Du bist unser Retter in der Not, eindeutig.«

Wieder schaltet sich Oma ein. »Und mein Engelchen hilft ihm dabei ganz spontan, wie wundervoll. Also ist Lele auch eine Retterin.«

»Ja klar, das ist sie, aber Nikolai …«

Ich hebe die Hand. »Stopp, stopp, jetzt ist es gut!«

»Aber wirklich«, pflichtet Nikolai mir bei. »Viel wichtiger ist, wohin wir die Sachen bringen sollen.«

»Einfach uns nach!«

Nachdem Nikolai und ich alles ausgeladen haben, richten wir das Buffet an. Oma und Regina lassen uns gefühlt keine Sekunde aus den Augen. Hin und wieder tuscheln sie eifrig miteinander, und ich würde zu gern wissen, was sie gerade beschäftigt. Ob sie etwas ausgeheckt haben?

Als wir fertig sind, legt Oma den Arm um meine Schultern und zieht mich an sich. »Vielen Dank an euch beide, Nikolai und mein Engelchen. Ich würde sagen, jetzt kann gefeiert werden. Man sieht mal wieder, was die Liebe bewegen kann.«

Wie bitte? Augenblicklich wird mir heiß in meinem Rentierpullover.

Oma zwinkert mir zu. Sie sollte echt nicht so viel Kaffee mit Likör trinken.

»Also, die Liebe hat hier nichts bewegt«, entgegne ich, und Nikolai lacht.

Oma klimpert zuckersüß mit den Wimpern. »Oh doch, die Liebe zum Backen, zu euren Großmüttern …«

Ach so. Na gut, sie hat gewonnen. Was soll ich darauf auch antworten?

»Also dann, fahren wir wieder?«, frage ich Nikolai. »Ich muss zu Hause noch, ähm … waschen.«

»Waschen?« Oma sieht mich entrüstet an. »Also bitte, das kannst du doch auch noch morgen machen. Nur ein Weilchen, bitte. Gleich nach dem Kaffeetrinken wird ein Krippenspiel aufgeführt, und im Anschluss daran ist noch mehr geboten.«

Ein Krippenspiel? Juhuuu. Ehrlich gesagt, warum sollte ich Lust darauf haben?

»Ach, komm schon, Lele«, sagt nun auch Nikolai. »Ein Krippenspiel, das klingt doch toll.«

Was ist denn mit ihm los? Und wenn er das so toll findet, soll er es sich doch allein ansehen. Ich muss mich schonen. Mich und mein Herz. Vor ihm.

Oma grinst breit. »Na, das denke ich doch auch.«

Ob ich es will oder nicht, sitzen wir schließlich mit den Senioren am Tisch, trinken Kaffee und verspeisen die Leckereien, die wir selbst geliefert haben.

Während des anschließenden Krippenspiels, das von Mitgliedern des Clubs aufgeführt wird, lasse ich meine Gedanken wandern. Okay, so hatte ich mir meinen freien Tag nicht vorgestellt – schon gar nicht zusammen mit Nikolai –, aber ich muss zugeben, dass er doch ganz lustig geworden ist. Denn das Krippenspiel wird von den Senioren neu interpretiert, und als der Esel sich wundert, wie Maria einfach so schwanger werden konnte, geht ein Lachen durch die Reihen der Zuschauer.

»Tja, ich weiß, warum«, gibt Oma neben mir laut hörbar von sich. »Es war natürlich der Heilige Geist. Das geht doch vielen heute auch noch so.« Sie zwinkert mir zu, und ich merke, wie ich rot werde.

Auch Nikolai lacht. Wobei er eigentlich nichts zu lachen haben sollte. Dieser … Weiberheld, der genauso sein Unwesen treibt wie der Heilige Geist.

Was denke ich da bitte? Es ist doch egal, was er macht. Ich bin unfair, gemein und fies. Ja, und das mit voller Absicht.

Als das Krippenspiel zu Ende ist, werden die Darsteller mit viel Beifall belohnt. Um meinen trockenen Mund zu befeuchten und Nikolai zu entfliehen, hole ich mir schnell ein Glas Punsch, und schon wird der nächste Programmpunkt angekündigt: Es sollen Christbaumkugeln bemalt und beklebt werden.

Am liebsten würde ich jetzt von hier verschwinden, zurück nach Hause auf mein gemütliches Sofa, geschützt vor allen nervigen Gefühlen und diesem Herzklopfen. Aber da habe ich die Rechnung ohne meine Oma und Regina gemacht. Sie verdonnern Nikolai und mich natürlich auch hierzu, wobei ich mich schon wundere. Muss Nikolai nicht irgendwann zurück in seinen Laden? Immerhin herrscht in der Nürnberger Innenstadt an den Adventssamstagen Hochbetrieb. Aber er meinte ja, dass Tanja im Laden die Stellung hält. Hat er nicht zufällig noch einen Notfall? Doch er ist neben mir schon so vertieft in seine Bastelei, dass mir nichts anderes übrig bleibt, als ebenfalls mitzumachen.

»Ach, die ist aber schön, Engelchen«, ruft Oma, als sie und Regina nach einer Weile hinter uns stehen bleiben. »Ist sie nicht talentiert, Regina?«

»Bei allem Respekt«, entgegnet die Angesprochene, »die Kugel von deinem Engelchen ist schon nett, aber mein Nikolai, er hat das Handwerk einfach im Blut.«

Ich sehe zu Nikolai, der tatsächlich eine hübsche Kugel gezaubert hat. Mit einem Reh und einem Hirsch darauf. »Sehr witzig. Ja, sie ist schön, doch ich finde meine auch gelungen«, sage ich zu meiner Verteidigung.

Nikolai betrachtet mein Werk und lacht. »Da erkennt man mal wieder deine Malkünste. Aber so habe ich dich ja kennengelernt, und im Nachhinein bin ich ganz froh darüber.« Er sieht mich an mit einem Blick, der tief in meinem versinken will. Zumindest versucht er es.

Ich jedoch schalte mein Abwehrsystem ein und verenge meine Augen zu Schlitzen. »Versuchst du gerade, ziemlich unbeholfen mit mir zu flirten?«

»Ich? Nein …« Er lächelt.

»Das will ich auch hoffen«, sage ich und versuche, mich wieder auf meine Kugel zu konzentrieren.

»Warum bist du nur so sauer?«

»Ich bin nicht sauer.«

»Du kommst mir aber schon sehr sauer vor«, widerspricht er mir.

»Nein, ich bin einfach normal, ich …«

In diesem Moment klingelt Nikolais Handy, allerdings kann ich den Namen auf dem Display nicht entziffern. Ah, wieder ein Notfall? Er steht auf und entfernt sich ein paar Schritte, ehe er das Gespräch annimmt.

Es dauert nicht lange, bis er sich wieder neben mich setzt. Ich greife nach dem goldenen Lametta und halte es mir an den Kopf. »Oh, lieber sexy Lebkuchenbäcker, bitte geh heute mit mir aus. Du bist so süß wie der Zuckerguss, den du auf die Lebkuchen gibst«, säusele ich.

Nikolai sieht mich an und grinst. Eine ganze Weile. »Was soll das denn darstellen?«

»Na, das habe ich dir doch gerade demonstriert: das Christkind auf Marihuana. Das hast du ja angeflirtet – unter anderem, denn du flirtest ja, wie es dir beliebt. Erst mit ihr, dann mit mir, dann mit anderen …«

Er hebt eine Augenbraue. »Moment mal, jetzt weiß ich, wo dein Problem liegt und warum du so kratzbürstig bist.«

»Bitte was? Ich bin kratzbürstig?«

»Ja!« Seine Mundwinkel zucken. »Kann es sein, dass du eifersüchtig bist wegen gestern? Wegen der Frau, mit der ich gesprochen habe? Und wegen des Termins, den ich hatte?«

»Eifersüchtig? Ganz sicher bin ich nicht eifersüchtig! Ich bin eher erleichtert, ich dachte nämlich schon, du willst irgendwas von mir. Aber sorry, ich stehe nicht auf dich.«

»Lele, Lele …« Schmunzelnd widmet er sich wieder seiner Christbaumkugel, die er mir nach ein paar Minuten erneut unter die Nase hält. »Schau mal, wie findest du das jetzt?«

Er hat noch einen Stern draufgemalt, und das Reh pieselt nun ganz eindeutig.

»Super.« Ich verdrehe die Augen. »Mein pieselndes Reh und ein Stern.«

»Vielleicht der Stern von der Schaufensterscheibe? Könnte doch unsere Geschichte sein. Süßes, pieselndes Reh sucht Hirsch.«

So ein Quatsch, aber irgendwie auch lieb gemeint.

»Ich bin nicht süß«, stammele ich. »Ich bin nervig, du solltest mich nicht mögen, damit das aufhört und …«

Stirnrunzelnd sieht er mich an. Wahrscheinlich zweifelt er langsam an meiner geistigen Zurechnungsfähigkeit.

In diesem Augenblick klatscht Regina in die Hände. »So, und jetzt habe ich noch eine ganz tolle Überraschung. Der Engelschor singt für uns original Nürnberger Weihnachtsgesänge. Applaus bitte!«

Okay, was? Ehe diese Nachricht bis in meine letzten Gehirnwindungen vorgedrungen ist, erscheint schon Freddys Chor auf der Bildfläche – und natürlich er mit seiner neuen Freundin mittendrin.

Ratlos sehe ich zu meiner Oma, die nur mit den Schultern zuckt. Wahrscheinlich wusste sie auch nichts davon, weil es Reginas Überraschung war.

Ich zupfe Nikolai am Ärmel. »Können wir bitte gehen?«, flüstere ich ihm zu.

»Warum?«

»Weil … weil mein Ex und seine Neue da mitsingen. Du weißt schon …«

Er sieht mich an und nimmt meine Hand, einfach so. »Dann brauchst du also wieder deinen Retter?«

Ich rolle mit den Augen. »Komm schnell, ehe die beiden mich entdecken.« Ich versuche, Nikolai mit mir zu ziehen, doch er hält mich zurück.

»Weißt du was?«, meint er. »Deswegen schauen wir es uns erst recht an.«

Ehe ich mich versehe, führt er mich ganz nach vorne, wo noch ein einzelner Stuhl frei ist. Erst will ich mich wehren, aber dann sitze ich schon, und zwar auf Nikolais Schoß. Mein armes Herz – was ich ihm alles zumute …

Der Chor beginnt mit seinem Gesang, und das ist auch der Moment, in dem Freddy mich entdeckt. Oh

Mann, irgendwie komisch. Aber dann … Keine Ahnung, was los ist, es scheint wie ein Wunder zu sein, denn da ist nichts mehr. Kein merkwürdiges Gefühl. Stattdessen spüre ich ganz deutlich die Gegenwart von Nikolai, der mich festhält und mir ins Ohr flüstert: »Schau mal, wie doof der uns anguckt. Er hat übrigens ganz schön knubbelige Ohren.«

Bei dieser Bemerkung muss ich kurz auflachen, werde jedoch bald wieder ernst, denn während der Chor das Halleluja singt, spüre ich, dass Nikolai irgendwas in mir berührt - mehr, als ich es jemals für möglich gehalten habe. Sosehr ich mich auch dagegen wehre. Und sosehr ich hoffe, dass er mich nicht mag.

»Hat er beim Sex auch so quietschend gestöhnt wie beim Singen?«, fragt Nikolai nun auch noch.

Ich wende den Kopf zu ihm und boxe ihn leicht in die Seite. »Idiot.«

Unsere Blicke liegen intensiv aufeinander, und ich würde Nikolai jetzt so gern küssen. Toll, ich würde mal sagen, der Plan, mich von ihm fernzuhalten, hat nicht so gut geklappt.

Nachdem der Chor seinen Gesang beendet hat, nimmt Nikolai mich an der Hand und zieht mich mit sich. Erst frage ich mich, was er da tut, doch als wir dann vor Freddy stehen bleiben, weiß ich, was er vorhat.

»Tolle Leistung«, sagt Nikolai und grinst meinen Ex an.

»Danke.« Freddy mustert mich und vor allem Nikolai mit einem merkwürdigen Blick.

»Weißt du, Freddy, es ist gut, dass es jetzt so gekommen ist. Nicht wahr, Schatz?« Nikolai drückt mir einen liebevollen Kuss auf den Mund.

Oh Gott, dieses Gefühl. Für eine Sekunde berühren seine Lippen die meinen, und ich muss befürchten, gleich durchzudrehen.

Dann wendet Nikolai sich wieder Freddy zu. »Glaubst du an Liebe auf den ersten Blick? An den Weihnachtszauber?«

Freddy sieht ihn fragend an. »Ähm …«

»Er hat uns voll erwischt. Also, euch beiden noch alles Gute und frohe Weihnachten.«

Ich kann nun das Lachen kaum mehr zurückhalten, und Nikolai scheint es genauso zu gehen, denn er nimmt schnell wieder meine Hand und zieht mich um die nächste Ecke. Als wir endlich außer Sichtweite sind, prusten wir augenblicklich los.

»Das haben wir nicht wirklich gemacht, oder?«, japse ich, nachdem ich mich wieder einigermaßen gefangen habe.

»Oh doch, das haben wir.« Er verdreht die Augen und stülpt seine Lippen nach außen. »Halleluuuujaaaaaaa«, singt er so schief, dass ich kurz befürchten muss, einen bleibenden Hörschaden davonzutragen.

Wieder bekomme ich vor lauter Lachen kaum Luft. Nikolai hat Freddys Mimik wirklich gut drauf. »Eines muss ich schon zugeben: Du hast Talent«, lobe ich ihn.

»Ich weiß. Und da macht mir auch so schnell keiner was vor.« Auf einmal sieht er nach oben und deutet auf den Mistelzweig, der über uns am Türrahmen baumelt.

»Oh«, sage ich. »Aber so schnell kriegst du mich nicht rum.«

Er grinst. »Eigentlich dachte ich, ich hätte dich schon rumbekommen.«

»Falsch gedacht.«

»Okay, pass auf, wir setzen uns jetzt nach draußen und reden. Komm mal mit …«

Ein paar Minuten später sitzen wir mit einem Glas Punsch auf der Treppe vor dem Haus und lassen uns die Wintersonne ins Gesicht scheinen.

»Also, was ist los, Lele?«

Ich zucke mit den Schultern. »Nichts, was soll los sein?«

»Du warst sauer, als ich dich angerufen habe. Und dann vorhin das mit dem Lametta. Ich dachte, wir hätten das Kriegsbeil begraben? Und jetzt geht es wieder los.«

»Haben wir ja auch.«

»Wo liegt dann dein Problem? Wir hatten Spaß, viel Spaß. Ehrlich gesagt mag ich es, Zeit mit dir zu verbringen, und ich will auch mehr Zeit mit dir verbringen.«

Ich sehe ihn an, winke dann aber ab. »Genau das ist das Problem. Denn wozu soll das führen? Wir wissen doch beide, dass es Unsinn ist, oder?«

In diesem Moment wird die Haustür aufgerissen, und Oma erscheint auf der Bildfläche. Ganz hektisch ruft sie uns zu: »Da seid ihr ja! Kommt schnell, der Baum wird gleich angemacht!«

»Wie meinst du das, angemacht?«, frage ich. »Ich hoffe mal nicht, dass er angezündet wird.«

»Unsinn, die Lichter, Engelchen!«

Klar, die Lichter.

»Okay.« Nikolai steht auf, und mir entgeht nicht, dass er jetzt irgendwie anders wirkt. »Dann schauen wir uns das Spektakel mal an.«

Wir folgen Oma ins Haus und gesellen uns wieder zu den Senioren, die sich um einen etwa zweieinhalb Meter hohen Tannenbaum gruppiert haben. Er ist mit den Kugeln geschmückt, die wir vorhin gebastelt haben.

Kaum haben wir uns zu den anderen gestellt, beginnen sie bereits zu zählen. »Eins … zwei … drei!« Und schon erstrahlt der Baum in hellem Licht.

»Wow, das sieht aber toll aus«, platzt es aus mir heraus.

Was nun passiert, ist so unglaublich, dass ich es kaum beschreiben kann. Wie ein wilder Schneesturm wirbelt alles durcheinander. Wir sitzen alle zusammen um den leuchtenden Baum herum, und jeder, der Lust hat, darf eine Geschichte erzählen, die mit Weihnachten zu tun hat. Es fühlt sich beinahe an, als wäre heute schon Heiligabend, schöner und stimmungsvoller sogar als jedes Weihnachtsfest in meiner Familie, an das ich mich erinnere. Wir essen die Reste von Nikolais Gebäck, trinken Punsch, und es scheint tatsächlich ein Hauch von Lebkuchen und Liebe in der Luft zu liegen.

Umso mehr werde ich nachdenklich. Ist die zickige, kratzbürstige Art, die ich Nikolai gegenüber an den Tag lege, nicht wirklich totaler Unsinn? Ich mag ihn, und er meinte ja, dass er mich auch mag. Warum bin ich dann so zu ihm?

Irgendwann sind wir beim Thema Wünsche angelangt und erzählen reihum, was wir uns für das neue Jahr wünschen. Die meisten nennen Wünsche wie Gesundheit, Zufriedenheit und Glück - das ist doch eigentlich genau das, was zählt, oder?

Als ich an der Reihe bin, zucke ich mit den Schultern. »Ich weiß wirklich nicht, was ich mir wünschen soll«, sage ich. Das mit dem pieselnden Reh kann ich jetzt nicht bringen, denn das passt in dieser Situation absolut nicht. Und ich will auch nicht albern erscheinen. »Liebe, die eine wahre Liebe«, kommt es mir auf einmal über die Lippen.

»Ach, wie schön«, flüstert Oma und sieht dabei zu Regina.

»Ich weiß, das klingt kitschig«, füge ich hinzu, »aber ich möchte jemanden finden, der es ernst meint. Wirklich ernst, ohne Lügen.«

Bei meinen Worten nickt Nikolai. Was er sich wünscht, verrät er allerdings nicht.

Ich hätte niemals gedacht, dass ich es bis zum Ende der Feier aushalte. Wider Erwarten haben wir einen tollen Tag mit wirklich sympathischen Menschen erlebt.

Als wir dabei sind, aufzubrechen, sehe ich mich um. Oma und Regina wollten eigentlich mit uns fahren, und ich wundere mich, wo die beiden stecken.

»Und, wollen wir?«, fragt mich Nikolai in diesem Augenblick.

»Was denn?«

Ein Schmunzeln umspielt seine Lippen. »Na ja, der Mistelzweig …«

Erst jetzt realisiere ich, dass wir wieder in diesem besagten Türrahmen genau unter dem Mistelzweig stehen. »Nun …«

Ich möchte Nikolai ja schon gern küssen, sehr gern sogar, doch irgendwas hemmt mich, ihm das zu sagen.

Und so bin ich beinahe erleichtert, als Oma endlich auftaucht. »Ach, hier seid ihr«, ruft sie. »Wir hatten schon befürchtet, dass ihr ohne uns gefahren seid. Ihr wolltet uns doch mitnehmen, oder?«

Nun gesellt sich auch Regina zu uns. Sie zupft Oma am Ärmel. »Ich glaube, wir stören hier.«

»Nein, nein, alles gut«, antworte ich schnell und sehe zu Nikolai, der mir zunickt.

»Also gut, lasst uns fahren.«

Einfach Liebe

Was so wunderschön an der Weihnachtszeit ist? Dass die ganze Stadt geschmückt ist. Wo man auch hinsieht, überall erstrahlen Lichter in den Fenstern der Häuser, und auch die Straßen sind festlich dekoriert.

Zuerst fahren wir Regina nach Hause. Nikolai begleitet seine Großmutter noch bis zur Haustür und nimmt sie herzlich in den Arm.

»Er ist schon ein netter Kerl, was?«, fragt Oma mich, während wir die beiden vom Auto aus beobachten.

»Ja, er ist ganz okay.«

Sie lacht. »Glaub mir, Engelchen, ich weiß genau, was hier passiert.«

»Ach ja? Das weißt du? Vielleicht, weil du und Regina eure Finger im Spiel habt?«

»Unsinn, als ob wir was bewirken könnten, wir zwei alten Tanten. Wir können euch nur schubsen. Ja, Nikolai mag dich sicher, und letztlich ist es doch gut so, wie alles gekommen ist. Aber du … Ich merke, was da gerade los ist.«

Fragend sehe ich sie an. »Was meinst du?«

In diesem Moment kommt Nikolai zurück zum Auto und setzt sich wieder hinters Steuer. »So, wo müssen wir jetzt hin?«

Bei Oma daheim angekommen, bringen wir beide sie bis zur Haustür, wobei Nikolai Omas Tasche trägt. Denn Oma wäre nicht Oma, wenn sie nicht allerhand Gebäck in ihre Tupperdosen gepackt und mitgenommen hätte.

»Vielen herzlichen Dank«, sagt sie zu Nikolai, als er ihre Tasche im Hausflur abstellt.

Er winkt ab. »Kein Problem, gern geschehen, wirklich.«

»Nun, dann bringen Sie mal meine Lele noch gut nach Hause. Aber eines sage ich Ihnen gleich, junger Mann: Sie ist ein Engelchen, wirklich. Aber sie kann auch … na ja.«

Ich rolle mit den Augen. »Ja, Oma, ist schon gut.«

»Viel Spaß euch noch.« Sie zwinkert uns zu und schließt dann die Haustür hinter sich.

Schließlich fahren wir zu meiner Wohnung. Nachdem Nikolai den Wagen geparkt und den Motor abgestellt hat, sieht er mich mit einem Mal merkwürdig an.

»Also dann«, sagt er nur.

Warum ist er plötzlich so kühl?

»Bist du jetzt irgendwie sauer?«, frage ich. »Ist es, weil wir uns unter dem Mistelzweig nicht geküsst haben? Du findest schon noch eine andere, die du küssen kannst.« Ich lächele betont.

Doch Nikolai lächelt nicht. Im Gegenteil, sein Blick verdunkelt sich. »Ganz ehrlich, Lele, ich hab's versucht. Neulich wollte ich dir sagen, wie sehr ich dich mag. Im Laden, als ich dich geküsst habe. Ich würde dich gern noch besser kennenlernen – weil ich in deiner Gegenwart etwas fühle. Aber ...«

»Aber?«

»Du weißt, warum ich diese Lebkuchenherzen gestalte?«

»Ja, um die Herzen sprechen zu lassen.«

»Ich habe dir ehrlich gesagt, wie es ist. Leider kannst du das nicht, und solange du dich so verschließt, hilft auch kein Stern, kein Wunder, nichts. Und meinem Herzen tut es auch nicht gut. Ich dachte, du bist es, aber ...«

Wie meint er das? Doch er sagt nichts weiter dazu.

»Bist du jetzt sauer?«, frage ich noch einmal.

Aber ich bekomme darauf keine Antwort. »Ich muss im Laden noch einiges vorbereiten, Lele, ich würde jetzt gern fahren.«

»Also gut«, entgegne ich, weil mir im Moment nichts anderes übrig bleibt. »Dann sehen wir uns morgen?«

Er nickt. »Klar, bis morgen dann.«

»Das klingt beinahe wie ein verrücktes Weihnachtsmärchen, mit dem Stern, den Wünschen und allem. Hach, und die Sache in der Backstube – so sexy ... Und was machst du? Versaust es einfach so, ohne Grund«, schimpft Theresa, als ich sie später am Telefon habe.

In mir zieht sich alles zusammen. »Was kann ich denn dafür, wenn er auf einmal sauer auf mich ist?«

»Lele, wirklich. Nikolai zeigt dir, dass er dich mag. Er hat dir ganz ehrlich gesagt, dass er dich näher kennenlernen möchte. Umgekehrt magst du ihn auch, aber du tust alles, damit er dich nicht mag. Und warum? Weil du solche Angst hast, dass dein Herz gebrochen wird. Deine Angst ist so groß, dass du nicht darauf hörst, was es dir zu sagen versucht.«

Hat sie womöglich recht?

»Ich sollte mit ihm reden, oder?«, frage ich. »Ganz offen.«

»Ja, das wäre mal eine gute Idee!« Theresa wirkt jetzt hörbar genervt. »Mit ihm zu reden, würde wirklich Sinn machen, das habe ich dir ja nicht nur einmal gesagt!«

»Weißt du was?« Ich seufze tief. »Ich glaube, mein Herz vermisst ihn gerade, jedenfalls fühlt es sich so an.«

»Weil du verliebt bist.«

Nachdem wir aufgelegt haben, hallen Theresas Worte noch weiter durch meine Gedanken, immer wieder. Es könnte durchaus sein, dass sie den Nagel auf den Kopf getroffen hat.

Spontan greife ich zum Handy und wähle Nikolais Nummer, doch er geht nicht ran. Irgendwie habe ich das Gefühl, jetzt alles klären zu müssen. Aber wie? Da fällt mir ein, was er vorhin zu mir sagte. Dass er im Laden noch etwas vorbereiten muss.

Das ist es. Und mit einem Mal geht alles automatisch. Ich ziehe mich an, suche meine warme Jacke und mache mich schließlich, ohne länger darüber nachzudenken, auf den Weg zur Lebkuchenwerkstatt.

Als ich vor dem Laden ankomme, atme ich tief durch und sehe in den Himmel. Über mir leuchtet der Stern. Super, jetzt bin ich wieder hier. Und tatsächlich stelle ich fest, dass sich der Stern in der Schaufensterscheibe spiegelt.

»Du bist witzig, wirklich«, sage ich zu ihm.

Vorne im Verkaufsraum ist es dunkel, doch durch ein Seitenfenster erkenne ich, dass in der Backstube Licht brennt. Nikolai. Er ist da, und darüber bin ich in diesem Augenblick unsagbar froh.

Noch einmal linse ich in den Himmel. Mir kommt es vor, als würde der Stern aufblitzen. Will er mich ermahnen, mich jetzt endlich in Bewegung zu setzen?

»Ich gehe ja schon«, murre ich und mache mich auf den Weg zur Hintertür, die glücklicherweise offen ist. Ich trete ein, in der Hoffnung, Nikolai gleich zu sehen und alles klären zu können. Doch auf einmal höre ich von der Backstube her Stimmen und bleibe abrupt stehen. Ist Nikolai nicht allein?

Vor Aufregung ist mir ganz heiß, und mein Herz klopft heftig. Ich versuche, still zu sein, getraue mich kaum zu atmen.

»Ich bin dir so dankbar, wirklich. Auch dass du alles geheim gehalten hast.« Mir ist, als hätte ich diese Frauenstimme schon einmal gehört, aber vielleicht irre ich mich auch. Vorsichtig schleiche ich noch etwas näher.

»Ist schon okay«, antwortet Nikolai. »Für dich immer, Jennifer. Ich bin froh, wenn alles gut wird.«

Zaghaft linse ich um die Ecke und erhasche nun einen Blick auf die beiden. Nikolai wendet sich kurz ab, doch dann geht er auf Jennifer zu und hängt ihr ein Lebkuchenherz um den Hals. Ein Lebkuchenherz!

Er lächelt. »Wir treffen uns dann wie besprochen übermorgen?«

»Ja, vielen Dank!« Langsam beugt sie sich nach vorn und gibt Nikolai einen Kuss auf die Wange.

Okay, jetzt habe ich echt genug gesehen.

Hab ich es doch gewusst. Wie sehr hat sich mein Herz getäuscht. Und ich hatte auch noch ein schlechtes Gewissen. Nikolai ist, was er ist: ein Aufreißer. Und er hat immer noch etwas mit Jennifer am Laufen.

Ich muss hier weg, und zwar rasch. Es ist besser so. Ich werde den Laden nicht mehr betreten. Und Nikolai, der kann mich mal.

Zurück in meiner Wohnung bin ich einfach nur traurig. Als ich aus dem Fenster blicke und mal wieder den Stern leuchten sehe, werde ich zudem auch noch wütend.

»Das ist nicht okay von dir, echt nicht!«, rufe ich ihm zu. »Und lass mich in Zukunft einfach in Ruhe, ja?«

Energisch ziehe ich die Vorhänge zu, ehe ich mich aufs Sofa lümmele, den Fernseher einschalte und versuche, mich mit einem Film abzulenken. Doch es gelingt mir nicht.

Ausgerechnet jetzt ruft Oma mich an. »Engelchen, ich muss dich einfach kurz sprechen, weil es mich nicht loslässt«, sagt sie.

Ich setze mich ein wenig auf. Was meint sie nur?

»Was denn, Oma?«

»Das mit Nikolai und dir, irgendwie war die Stimmung zwischen euch auf einmal ganz merkwürdig.«

Ich atme tief durch. »Ja, kann sein. Aber das hat sich alles erledigt.«

»Warum? Was ist passiert?«

Schließlich erzähle ich ihr alles. Auch dass ich vor ein paar Minuten Nikolai geschrieben habe, dass ich krank geworden sei und morgen nicht zur Arbeit kommen könne.

Als ich fertig bin, schweigt sie erst einmal. »Vielleicht ist es ja auch ganz anders«, gibt sie dann zu bedenken. »Rede doch noch mal mit ihm. Jetzt einfach krank zu spielen, ist doch bescheuert.«

»Ich spiele nicht krank, ich möchte einfach eine Denkpause haben. Und eine Pause von Nikolai, von allem. Mein Herz braucht eine kleine Schonzeit, denn …« Mit einem Mal überkommt es mich.

»Weißt du, ich mag ihn wirklich. Klar habe ich mich bescheuert verhalten, aber ist das nicht auch verständlich? Ich wollte mich schützen, irgendwie hatte ich die ganze Zeit schon gespürt, dass was nicht stimmt. Und dann ist es auch so gekommen. Ich habe ihn doch mit ihr gesehen.«

»Umso wichtiger ist es, dass du mit ihm redest. Ich verstehe sowieso nicht, warum sich zwei Menschen, die sich eigentlich mögen, immer anschweigen müssen. Du nimmst jetzt dein Telefon in die Hand und rufst ihn an.«

Sie hat noch nicht mal ganz zu Ende gesprochen, als es an meiner Tür läutet.

Ich schrecke aus meinen Gedanken auf. »Mist, es hat geklingelt«, sage ich. »Wer kann das sein?«

»Keine Ahnung. Nikolai vielleicht?«

Ich stehe auf, schleiche zur Tür und luge durch den Spion. »Er ist es«, flüstere ich. »Ich lege jetzt auf.«

Eilig beende ich das Telefonat und betrachte mich im Spiegel an der Garderobe. Zugegeben, ich sehe nicht wirklich krank aus, oder?

»Lele?«, ruft Nikolai von draußen.

»Was willst du? Ich bin krank, Nikolai!«

»Das tut mir leid. Deswegen habe ich ein bisschen Krankenverpflegung für dich mitgebracht.«

Noch einmal linse ich durch den Spion. Nikolai hält einen roten Stoffbeutel in der Hand.

»Das ist nicht nötig, wirklich nicht«, wehre ich ab und huste ein paarmal demonstrativ. »Es ist besser, wenn ich mich jetzt wieder hinlege.«

»Kann ich kurz reinkommen?«

»Nein! Ich könnte dich anstecken.«

Als ich durch den Spion erkenne, dass er nickt, atme ich innerlich auf. Doch dann meint er: »Ach was, ich bin nicht so leicht zur Strecke zu bringen. Also, kann ich reinkommen?«

»Nein, das kannst du nicht, ich muss mich jetzt echt hinlegen. Sorry«, sage ich noch, ehe ich mich von der Tür entferne. Er soll mich einfach in Ruhe lassen.

Den Rest des Abends verbringe ich vor dem Fernseher, ebenso den gesamten folgenden Tag. Nikolai schreibe ich nur eine WhatsApp-Nachricht, dass ich immer noch nicht fit bin. Ehrlich gesagt fühle ich mich dabei überhaupt nicht gut, denn ich weiß, dass jetzt im Laden jemand fehlt und die Kollegen umso mehr arbeiten müssen, um mein Fehlen auszugleichen. Doch ich will gerade einfach nichts von der Welt wissen.

Theresa schreibe ich ebenfalls nur über WhatsApp. Ich informiere sie kurz, was in der Zwischenzeit passiert ist, und sie rät mir noch einmal dringend, mit Nikolai zu sprechen. Aber das möchte ich nun mal nicht.

Um die Mittagszeit des nächsten Tages klingelt mein Telefon. Ist das etwa Nikolai? Doch ich lese Omas Namen auf dem Display. Auch wenn ich eigentlich mit niemandem reden will, gehe ich dennoch ran.

»Engelchen, wie geht es dir? Wie ist die Lage?«, will sie wissen.

»Gut, Oma. Und bei dir?«

»Ich weiß, du willst dich im Moment nur verkriechen, und ich möchte dich auch nicht stören, aber …«

»Du störst mich nie, Oma. Was ist denn?«

»Ach, ich wollte dich um etwas bitten. Ich bräuchte etwas und dachte, du kannst es mir vielleicht besorgen.«

Ich atme tief ein und aus. »Was soll ich dir denn besorgen?«

»Nur ein paar Kleinigkeiten aus dem Drogeriemarkt. Irgendwie bin ich heute nicht so gut zu Fuß.«

Kurz wundere ich mich. Dass sie nicht gut zu Fuß ist, kommt bei ihr äußerst selten vor. Aber natürlich sage ich zu, das ist doch keine Frage.

»Klar, Oma, ich hole dir, was du brauchst. Schieß los, was soll ich einkaufen?«

Eigentlich war es nicht mein Plan, jetzt aus dem Haus zu gehen, um Besorgungen zu machen. Aber wie könnte ich meiner Oma auch nur einen Wunsch abschlagen? Und wenn sie diese Salben und Gesundheitstees braucht, dann hole ich sie ihr eben.

Sie meinte, ich solle gegen vier Uhr vorbeikommen, und so stehe ich pünktlich um kurz vor vier vor ihrer Tür. Das kleine Haus, in dem sie wohnt, liebe ich, und als sie mir öffnet und mich anstrahlt, muss ich lächeln. Für einen Augenblick ist sogar der ganze Ärger mit Nikolai vergessen. Egal, was kommt, ich habe meine Oma, die ich liebe und die umgekehrt auch immer für mich da ist.

»Du bist wirklich ein Engel«, sagt sie und drückt mich fest. »Aber komm doch rein, draußen ist es ja bitterkalt.« Sie blickt kurz die Straße entlang, was mich allerdings nicht weiter wundert, weil sie das immer gern macht.

Nachdem ich eingetreten bin, stelle ich alles auf dem Tisch in der Küche ab. »Hier riecht es aber gut«, sage ich und atme den würzigen Duft ein, der das ganze Haus durchflutet. Eine Mischung aus Äpfeln und weihnachtlichen Gewürzen.

»Ich habe einen Apfelpunsch gemacht«, erklärt sie, und in diesem Augenblick klingelt es an der Tür. »Ach, das wird Gregor sein, ich bin gleich wieder da. Du kannst dir ja inzwischen eine Tasse Punsch nehmen.« Schon verschwindet sie hinaus in den Flur.

Gregor ist Omas Nachbar, der ihr hin und wieder hilft, zum Beispiel mit dem Holz, das sie zum Heizen braucht.

»Okay«, rufe ich ihr hinterher und will mir gerade eine Tasse aus dem Küchenschrank nehmen, als ich eine Stimme höre.

»Lele? Was machst du denn hier?« Ich zucke zusammen, weil auf einmal Nikolai hinter mir steht.

Verdammt. Sofort rast mein Puls. Wie er aussieht, die Haare leicht verwuschelt, seine graublauen Augen auf mich gerichtet. »Ich habe etwas für Oma besorgt. Und was machst du hier?«

»Ich habe auch etwas für deine Oma besorgt und …« Seine Mundwinkel zucken, als er nun zum Küchenfenster deutet. »Okay, kann es sein, dass wir gerade in eine Falle getappt sind?«

Ich sehe ebenfalls zum Fenster, und jetzt kapiere ich auch, was er meint. Denn draußen steht meine Oma, die Familienverräterin, zusammen mit Regina. Beide grinsen breit.

»Du hast ja neulich vorgeschlagen, dass wir im Team arbeiten sollen«, ruft Oma. »Da habt ihr es. Ihr zwei redet jetzt miteinander und bleibt so lange da drin, bis alles geklärt ist.«

Regina nickt. »Vorher kommt ihr nicht wieder raus, wir haben die Tür zugesperrt. Nikolai, du sagst ihr jetzt gefälligst, was Sache ist. Gut, dass wenigstens Gerdi und ich miteinander reden.«

Perplex trete ich ans Fenster und öffne es einen Spalt. Mit zusammengekniffenen Augen mustere ich unsere beiden verrückten Omas. »Ihr wisst schon, dass wir auch einfach hier herausklettern könnten?«

Oma zuckt mit den Schultern. »Das könnt ihr versuchen, aber ich schlage vor, ihr klärt lieber, was los ist. Wir sind dann mal weg!«

»Die spinnen doch«, sage ich und tippe mir mit dem Zeigefinger gegen die Stirn.

Nikolai hingegen scheint das Ganze amüsant zu finden. Er wirkt lange nicht mehr so kalt und abweisend wie nach der Weihnachtsfeier.

»Das ist echt das absolute Chaos«, seufze ich. »Was solltest du denn besorgen?«

»Verschiedene Gewürze, die ich dringend hierherbringen sollte. Und aus dem Laden Lebkuchen ohne Schrift.«

»Ah, okay. Und warum ohne Schrift?«

»Nun, ich habe da so eine Vermutung«, antwortet er nur. »Und du?«

»Ach, irgendwelches Zeug aus dem Drogeriemarkt.«

Nikolai lacht. »Also gut, dann würde ich sagen, wir sollten mal lieber reden, sonst sitzen wir hier für immer fest.« Währenddessen packt er seinen Beutel aus und stellt verschiedene Papiertüten mit Gewürzen auf den Tisch, ebenso eine Metalldose, in der sich wahrscheinlich die Lebkuchen befinden.

Verdammt, da fällt mir wieder ein, dass ich ja krank bin, also huste ich ein paarmal.

Sein Blick wird ernst. »Du kannst das Schauspiel jetzt sein lassen, liebe Lele.«

»Welches Schauspiel?«, entgegne ich, auch wenn ich mir die Frage sparen kann.

»Dass du krank bist. Ich weiß genau, dass das nicht stimmt. Du wurdest nämlich gesehen, kurz bevor du dich krankgemeldet hast.«

Okay, das wundert mich jetzt. »Was? Von wem?«

Er zögert, lässt mich wahrscheinlich mit Absicht ein wenig zappeln. Dann grinst er. »Von niemandem, war nur ein Test. Ich habe es vermutet.«

»Du bist echt …«

Er lacht, dann wird er wieder ernst. »Du bist an dem Abend also zu mir in die Werkstatt gekommen?«

Ich nicke. »Ja, ich wollte mit dir reden, weil ich … weil …«

»Weil?«

»Weil ich mich blöd benommen hatte, das dachte ich zumindest. Aber dann habe ich dich mit Jennifer gesehen und gehört, was ihr miteinander gesprochen habt.«

»Jetzt wird mir einiges klar. Hast du wirklich alles gehört?«

Mein Herz klopft heftig. »Ich denke, ich habe genug gehört. Und es ist okay, wenn du noch an ihr hängst. Aber warum hast du mir dann gesagt, dass du mich magst und dass der Stern uns zusammengeführt hat? Das hättest du dir sparen können, echt. Denn so etwas machen nur Frauenhelden, Aufreißer. Ich wollte dir eine Chance geben, weil ich … dich auch mag, weil ich mittlerweile wirklich das Gefühl hatte, dass da etwas ist. Aber gut, dann bist du eben mit ihr zusammen. Herr Liebermann meinte in Bezug auf Jennifer ja sowieso, dass die Lebkuchenliebe zugeschlagen hat, was auch immer das ist. Lebkuchen, Liebe, Wunder, so ein Kram, wirklich. Und der Stern - alles Unsinn.«

Nikolai sagt nichts, sondern grinst mich nur an.

»Was ist daran so lustig?«, hake ich nach.

»Ich denke, es würde Jonathan nicht so gefallen, wenn ich mit Jennifer zusammen wäre.«

Fragend sehe ich ihn an. Was redet er denn da? »Ich verstehe nicht …«

»Das merke ich. Jonathan ist Jennifers Verlobter. Sie will ihn überraschen und hat mir einen großen

Auftrag erteilt. Auf ihrer Hochzeit sollen nicht nur Lebkuchenherzen verteilt werden, ich soll auch anwesend sein, damit die Gäste die Herzen selbst gestalten können. Wir haben alles unter höchster Geheimhaltung organisiert. Denn ja, die beiden hat die Lebkuchenliebe getroffen, wie Herr Liebermann es nennt. Du weißt, was das heißt?«

Okay, jetzt wird es peinlich. Sehr peinlich.

»Nein, ich …«

»Lebkuchenliebe bedeutet, dass sich zwei Herzen, die füreinander bestimmt sind, getroffen haben. So einfach ist das.«

»Oh!«

»Ja, oh!« Er atmet tief durch. »Ich weiß nicht, ob ich dich jetzt in den Arm nehmen oder sauer auf dich sein soll, Lele. Du gehst so sehr vom Schlechten aus, dass du gar nicht siehst, was um dich herum Gutes geschieht. Du hast so sehr damit gerechnet, dass ich dein Herz breche, dass du nicht gemerkt hast, was für ein Wunder da zwischen uns passiert ist. Denn soll ich dir was sagen? An dem Abend, als wir uns zum ersten Mal begegnet sind, hatte ich mir auch etwas von diesem Stern gewünscht. Einen Engel.«

Er lacht, aber ich bin nun vollkommen verwirrt. Er hatte sich auch etwas gewünscht?

»So albern, oder?«, fragt er. »Vor allem, weil du dann vor mir standst.«

Ich runzele die Stirn. »Sehr witzig.«

»Nein, ehrlich. Jennifer hatte gekündigt, es war so viel zu tun, und ich habe mich allein gefühlt. Ehrlich gesagt habe ich mich die ganze Zeit nach einem Menschen gesehnt, dem ich mein Herz schenken kann. Und dann warst auf einmal du da.«

»Ist das dein Ernst?«

»Klar, mein voller Ernst. Doch du wolltest mit Absicht, dass ich dich nicht mag.«

Langsam nicke ich. Ja, er hat schon recht mit dem, was er sagt. »Es tut mir leid«, antworte ich.

»Mir tut es auch leid.«

Ich weiß, es ist vorbei. Natürlich ist es das. Wie kann man so etwas auch ertragen?

»Das verstehe ich, wirklich …«

Er sieht mich ernst an. »Ach ja? Was denn? Was tut mir deiner Meinung nach leid?«

»Vielleicht, dass du mich vor deinem Schaufenster aufgegabelt hast? Dass dir der Stern so was angetan hat?«

»Nein, etwas ganz anderes.« Er schüttelt den Kopf. »Dass ich mich in dich verliebt habe, Lele. Denn das habe ich. Die Lebkuchenliebe hat so was von zugeschlagen, obwohl du so viel Chaos in mein Leben gebracht hast. Doch du hast auch mein Herz erwärmt. Und ich bin unheimlich froh, dass es so gekommen ist. Der Stern hat Humor bewiesen.«

Hat er das wirklich gesagt?

»Verstehe ich das richtig? Du hast dich echt in mich verliebt?«, hake ich vorsichtig nach.

»Ja, leider habe ich das. Ehrlich gesagt habe ich mich noch nie zu einer Frau so sehr hingezogen gefühlt wie zu dir.« Als er mir nun seine Hand reicht und ich danach greife, lächelt er. »Lele, ich mag dich.

Ich kann mir nicht erklären, warum, aber es ist so. Es ist einfach Liebe, diese Magie, die wir uns nicht erklären können. Und ich denke andauernd an dich und will dich küssen. Weißt du, wenn ich meine Lebkuchenherzen verkaufe, möchte ich, dass andere Menschen damit ihr Herz sprechen lassen. Doch in deinem Fall will ich ausnahmsweise mal selbst mein Herz sprechen lassen – für dich. Das wollte ich noch nie zuvor. Und ich bin mir sicher, dass der Stern uns zusammengeführt hat, so albern es auch klingen mag.«

»Ehrlich?«

»Ja.« Er zieht mich in seine Arme und drückt mich sanft an sich.

»Heißt das, wir versuchen es miteinander?«, frage ich leise.

»Ja, aber nur unter einer Bedingung.«

Ich hebe den Kopf und sehe ihm in die Augen. »Und die wäre?«

»Bleib genauso verrückt, wie du bist!«

Fröhliche, verrückte Weihnachten

Ob es nun der Stern war, der es geschafft hat, dass Nikolai und ich uns aussprechen, die Lebkuchenherzen oder am Ende doch unsere Großmütter – ich weiß es nicht. Jedenfalls hat das Chaos in dieser Weihnachtszeit uns beide irgendwie zusammengeführt.

In der Zeit bis Weihnachten arbeiten wir fest in der Lebkuchenwerkstatt zusammen, was mich einfach glücklich macht. Glücklich, weil die Menschen glücklich sind. Weil ich Nikolai habe. Weil wir uns küssen, wann immer es möglich ist. Es fühlt sich so gut an wie noch nie etwas in meinem Leben. Und weil wir miteinander reden. Es gibt keine Geheimnisse mehr. Bei Nikolai kann ich sein, wie ich bin, auf meine verrückte Art und Weise, und ich fühle mich von ihm auch ernst genommen.

Seit ich auf der Hochzeit Jennifer kennengelernt habe, bin ich ganz begeistert von ihr, denn sie ist nicht nur witzig, sondern auch klug und schlagfertig. Sie hat mir erzählt, wie sie vor vielen Jahren Jonathan zum ersten Mal begegnet ist, wie sie sich getrennt und in der Lebkuchenwerkstatt zufällig wiedergetroffen haben. Ja, die Lebkuchen. Es war ein großes Highlight, dass die Hochzeitsgäste die Herzen selbst beschriften konnten, und Nikolai hat auch eines für mich gemacht.

»Fröhliche, verrückte Weihnachten«, ruft meine Oma, als sie am Morgen des ersten Weihnachtsfeiertags zusammen mit Regina den Laden betritt. Nikolai und ich haben alle, die wir mögen und die uns wichtig sind, zu einem Weihnachtsbrunch eingeladen. Auch Tanja, Peter, Herr Liebermann, Kalle und Heinz sind gekommen, wir trinken Glühwein und Punsch, essen natürlich Nikolais Lebkuchen und unterhalten uns prächtig.

Als ich Kalle noch einen Glühwein anbiete, winkt er ab. »Besser nicht, sonst bekomme ich Ärger mit meiner Traudel. Wir treffen uns später noch mit den Kindern und Enkeln.«

»Traudel?« Ich sehe ihn fragend an.

»Meine Frau, vielleicht hast du sie schon gesehen.« Kalle lacht. »In dieser Zeit trägt sie immer einen auffälligen roten Hut, den ich ihr vor vielen Jahren mal geschenkt habe. Es war in der Weihnachtszeit, als wir uns zum ersten Mal begegnet sind. Diese Frau war so besonders, und ich dachte, ich hätte bei ihr nie eine Chance. Doch weißt du, was dann passiert ist, Lele?«

»Nein, aber ich bin gespannt.«

»Ich habe es mir so sehr gewünscht, diese Frau zu treffen, dass ich meinen Wunsch einem Stern zugeflüstert habe. Dieser hat sich kurze Zeit später in der Scheibe eines Schaufensters, in dem der Hut ausgestellt war, gespiegelt. Ich habe den Hut gekauft, und dann ist es eben passiert. Die Lebkuchenliebe …«

»Das war sicher der Weihnachtsstern«, meint Herr Liebermann und hebt sein Glas, um uns allen zuzuprosten.

Nikolai nimmt meine Hand und lächelt mich zärtlich an. Ja, ich bin überzeugt, dass der Weihnachtsstern meinen Wunsch wahr gemacht hat. Irgendwie. Auch wenn es mit mir sicher nicht so leicht war. Aber ein Wunder ist ja auch nicht leicht zu vollbringen, oder? Und im Endeffekt stimmt es: Wunder geschehen, wenn wir daran glauben und unsere Herzen dafür öffnen. Wenn wir es uns im Leben nicht zu schwer machen und auch nach Enttäuschungen nicht aufgeben, dann ist alles möglich. Vielleicht musste ich genau das lernen.

Als Nikolai und ich am Abend allein sind, kuscheln wir uns zusammen aufs Sofa.

»Weißt du, was jetzt noch fehlt?«, fragt er.

Ich schüttele den Kopf. »Nein, was denn?«

Als Antwort fängt er an zu singen: »Leise pieselt das Reh …«

Ich greife nach einem Kissen und schlage es ihm gespielt empört gegen die Brust. Er lacht, während er meine Hände festhält und mich auf die Nasenspitze küsst.

Was jetzt noch kommt? Ich weiß es nicht. Alles scheint gut zu sein, und ich will daran glauben, dass es mit Nikolai und mir klappen wird.

Ich blicke aus dem Fenster, und mal wieder ist da der Stern. »Schau, wir werden beobachtet«, sage ich.

Nikolai grinst. »Nun, dann wollen wir ihm doch mal etwas bieten, oder?«

Er küsst mich lange und intensiv, voller Gefühl und Leidenschaft zugleich. Schöner hätte ich mir das Weihnachtsfest nicht vorstellen können.

Ob Nikolai und ich auch noch in ein paar Jahren zusammen vor dem Baum sitzen und mit unseren Kindern Weihnachtslieder singen, so wie Theresa es mir vorhergesagt hat? Ich weiß, dafür gibt es keine Garantie, aber ich wünsche es mir so sehr. Jedenfalls werden wir zusammen Silvester feiern, mit Theresa und Herbert.

Und ob man es glaubt oder nicht, als es Mitternacht ist, sehe ich den Stern am Himmel auf einmal nicht mehr. Zumindest fällt er mir nicht mehr so auf. Doch ich bin mir sicher, dass er zur nächsten Weihnachtszeit wieder hell erstrahlen wird für jemanden, der dann seine Hilfe benötigt. Unser Wunder hat er uns ja schon geschenkt, so chaotisch es auch war und sosehr ich es eigentlich gar nicht haben wollte.

ENDE – UND DOCH ERST DER ANFANG …

Nikolais Elisenlebkuchen

Elisenlebkuchen sind eine Nürnberger Spezialität. Der Begriff *Nürnberger Lebkuchen* ist sogar geschützt, und es dürfen nur solche Lebkuchen diesen Namen tragen, die direkt in der Stadt Nürnberg hergestellt wurden. Die Geschichte der Nürnberger Lebkuchen lässt sich bis ins Ende des 15. Jahrhunderts zurückverfolgen.

Rezept für ca. 25-30 Stück
(je nach Größe der Oblaten):

5 Eier
3 EL Honig
140 g brauner Zucker
1 Päckchen Vanillezucker
1 Prise Salz
160 g Zitronat
160 g Orangeat
200 g gemahlene Haselnüsse
200 g gemahlene Mandeln
50 g fein gehackte Walnüsse
1 Päckchen Zitronenschalenaroma

1 Päckchen Orangenschalenaroma
15 g Lebkuchengewürz (ersatzweise 1 gestrichener Teelöffel Zimt sowie je 1 Messerspitze gemahlene Nelken, Muskat und Anis)
Und nicht zu vergessen: Wolkenpapier (Oblaten)

Eier, Honig, Zucker, Vanillezucker und Salz in eine Schüssel geben und mit einem Rührgerät einige Minuten rühren, bis die Masse schaumig wird.
Das Zitronat und das Orangeat mit einem Messer sehr klein hacken und unter die Eier-Honig-Zucker-Mischung rühren.
Die Nüsse, die Aromen und das Gewürz zugeben und unterrühren.
Den Teig über Nacht kühl stellen, erst dann entfaltet er sein volles Aroma.

Am nächsten Tag den Teig schön durchkneten oder durchrühren. Die Arbeitsfläche mit etwas Mehl bestäuben und mit den Händen jeweils etwa eiergroße Teigstücke formen. Diese mit etwas Mehl bestäuben (denn der Teig ist ein wenig feucht), auf die Oblaten setzen und flach drücken. Darauf achten, dass am Rand der Oblaten etwa 3 mm frei bleiben.

Um zügig durchbacken zu können, empfiehlt es sich, den Ofen auf 150 °C Ober- und Unterhitze vorzuheizen. Die Lebkuchen etwa 17 bis 20 Minuten backen. Dabei ist es wichtig, dass sie saftig bleiben. Also lieber etwas kürzer backen als zu lange.

Am Ende die Lebkuchen mit Zuckerglasur, geschmolzener Schokolade oder Schokoladenglasur überziehen.

Für die Zuckerglasur braucht man:
150 g Puderzucker
1 Teelöffel Zitronensaft
etwas warmes Wasser

Den Puderzucker sieben und in einer Schüssel mit Zitronensaft und etwas Wasser zu einer dünnen Zuckerglasur verrühren. Die noch heißen Lebkuchen auf der Oberseite damit bestreichen und auf einem Kuchengitter gut trocknen lassen.

Die fertigen Elisenlebkuchen in einer geschlossenen Dose aufbewahren. Dann schmecken sie am besten.

Viel Freude beim Backen und Genießen der himmlischen Elisenlebkuchen, die das Herz sprechen lassen!

Ihr Lieben,

ich wünsche euch von Herzen eine schöne Weihnachtszeit. Mögen sich alle eure Wünsche erfüllen. Glaubt an die kleinen Wunder und öffnet eure Herzen dafür. Genießt die Zeit mit euren Lieben und lasst einfach mal die Seele baumeln. Wir haben viel zu selten noch Ruhe und Entspannung. Also beschenkt euch selbst damit.

Danke für ein tolles Jahr. Auf ein Neues!
Eure Michelle

Ein Dankeschön und Gratisgeschenk

Melde dich auf meiner Website michelleschrenk.de für den Newsletter an und verpasse in Zukunft keine Neuigkeiten mehr. Als Dank für deine Treue bekommst du dort kostenlose Bücher und Bonuskapitel.

***

Meine liebe Leserin, mein lieber Leser,
an dieser Stelle möchte ich dir vielmals danken, dass du dieses Buch gelesen hast und meine Bücher liebst. Ich hoffe, dir hat diese Geschichte Freude bereitet. Vielleicht hat sie dein Herz berührt, und ich konnte dich für kurze Zeit aus dem Alltag entführen. Es ist einfach wundervoll, dass du mich auf dieser Reise begleitest. Ich liebe den Austausch mit euch allen, egal auf welchem Weg. Schreibe mir also immer gern. Falls du mir mal zufällig irgendwo begegnen solltest, kannst du mich natürlich auch jederzeit ansprechen. ☺

Wenn dir diese Geschichte gefallen hat, dann lass es mich doch bitte wissen. Schreibe mir gern eine Rezension bei Amazon, denn das ist ganz wichtig für uns Autoren. Besuche mich auf Facebook und Instagram oder folge mir auf Amazon. Werde einer meiner Insider auf WhatsApp, dort gibt es immer ganz besondere News. Ich lasse dich an Coverabstimmungen teilhaben, oder wir plaudern einfach ein wenig. Hinterlasse ein Däumchen oder einen Kommentar, wie und wo auch immer. Ich freue mich über jede Rückmeldung.

Ganz lieben Dank!
Deine Michelle

Im Anschluss findest du weitere Bücher von mir, die ich dir ebenfalls ans Herz legen möchte.
Mehr über meine Bücher auch auf meiner Website michelleschrenk.de

Das Leben ist (k)ein Wunschzettel

Perfekter Freund – check. Perfekter Job – check. Perfektes Leben – check. Eigentlich haben sich alle Punkte auf Neles Wunschzettel schon erfüllt. Eigentlich! Alles könnte so schön sein, doch ihr Freund hat andere Pläne und serviert Nele kurz vor Weihnachten einfach ab.
Während sich alle auf das anstehende Fest und das neue Jahr freuen, hat sie nur einen Wunsch: Sie will zukünftig ihre Ruhe haben. Doch da hat sie die Rechnung ohne ihre Freundinnen gemacht. Die sind nämlich der Meinung, dass Nele sich die Erfüllung ihrer Träume nicht fest genug gewünscht hat, sonst hätte das Universum die Sache schon geregelt. Und so schicken sie Nele zu ihrem dreißigsten Geburtstag auf ein exklusives Motivationsseminar in weihnachtlicher Umgebung.
Doch Nele weiß, dass das Leben kein Wunschzettel ist, und das will sie auch beweisen. Genervt beschließt sie, nur deshalb bei diesem unsinnigen Seminar mitzumachen, um ihren Freundinnen und dem Universum eine Lektion zu erteilen. Aber dass ihr Motivationscoach Felix so verdammt sexy sein würde, hatte sie nicht auf dem Zettel stehen …

Ein weihnachtlicher Kurzroman über Wünsche und was das Leben daraus macht.

Dort, wo die Sterne heller leuchten

Manchmal plant das Leben schneller, als dein Herz schlagen kann.

Amys Schwester hatte einen letzten Wunsch: Gemeinsam wollten sie zu dem Ort fahren, an dem die Sterne heller leuchten. Und auch wenn Amy alles andere lieber tun würde, als allein ihre Koffer zu packen, zwingt dieser Wunsch sie doch dazu, sich in ihr Auto zu setzen. Ja zum Leben zu sagen – das ist die Aufgabe. Als ob das so einfach wäre.

Völlig ungeplant begegnet sie Leonard und bietet ihm eine Mitfahrgelegenheit an. Eigentlich glaubt Leonard, dass im Leben alles planbar sei. Mit Amy hat er hingegen nicht gerechnet, genauso wenig mit ihren vielen Fragen, dem lauten Gesang und ihrem Talent, das Tanken zu vergessen. Drei Tage haben die beiden nun Zeit, um Italien zu erreichen. In der Theorie ganz einfach, oder? Doch wenn du Ja zum Leben sagst, bringt dich das auf eine Route, die so auf keiner Landkarte steht. Und zu allem Überfluss ist da auch noch dieses Herzklopfen, mit dem keiner der beiden gerechnet hat …

Weihnachtswünsche und andere Katastrophen

Wenn du deinen Freund mit dem Christkind im Bett erwischst, sind das nicht gerade die besten Voraussetzungen für eine fröhliche Weihnachtszeit …

Marie ist sich sicher, die große Liebe gefunden zu haben. Das ändert sich allerdings, als sie wegen dem Nürnberger Christkind von ihrem Freund abserviert wird. Von Weihnachten und der Liebe hat sie erst mal die Nase voll. Perfekt, dass sie gerade jetzt den Auftrag erhält, in einem abgelegenen Bergdorf die Biografie des geheimnisvollen Herrn Klaus aufzuschreiben. Sie packt die Gelegenheit beim Schopf, um dem Weihnachtstrubel und vor allem ihrem Liebeskummer zu entfliehen. Doch statt einsamer Ruhe und Erholung wartet das Chaos auf sie, denn in der Hütte nebenan wohnt Nikolai-las – unverschämt heiß und ziemlich verführerisch. Marie muss feststellen: Nur weil man sich vornimmt, sich nicht zu verlieben, muss das noch lange nicht klappen.

Ein wundervoller weihnachtlicher Kurzroman zum Schmunzeln, Wünschen und Wegträumen.

Der Zauber des ersten Schnees

»Was würdest du dir wünschen, wenn jetzt der erste Schnee des Jahres vom Himmel fällt?«

Über dreißig Jahre ist es her, doch Elli hat diesen Satz nie vergessen. Er ist der Schlüssel zu einem Geheimnis, das sie seit Ewigkeiten in ihrem Herzen trägt.

Als der erste Schnee des Jahres vom Himmel fällt, ist es an der Zeit, ihre Tochter Anna einzuweihen und ihr die Geschichte von ihrer großen Liebe Leo zu erzählen. Denn Anna hat den Glauben an sich und ihre Träume aufgegeben.

Doch Elli weiß: Solange es Liebe gibt, wird es auch Zauber und Wunder geben. Sie selbst hat solch ein Wunder erlebt, und das hat ihr Leben für immer verändert.

Eine wunderbare Geschichte über die magische Kraft der Liebe und den Zauber des ersten Schnees.

Weil wir in den Sternen stehen: Das Buch unseres Lebens

Wenn das Schicksal etwas Bestimmtes mit dir vorhat, stehen die Sterne nicht nur kopf, sie leuchten auch ein bisschen heller …

Als Emilia und Raphael sich am Bahnhof zum ersten Mal flüchtig über den Weg laufen, ist ihr Plan ganz sicher nicht, ein gemeinsames Leben zu führen. Eine unbedeutende Begegnung, mehr nicht. Und doch treffen sie kurze Zeit später scheinbar zufällig schon wieder aufeinander. Emilia, die ihren ersten Roman verfassen will, kann es nicht glauben: Der nervige Nachbar mit der zu lauten Musik ist Raphael, der Kerl vom Bahnhof. Auch wenn er irgendwie witzig, frech und anziehend ist, wird er sicher keine Rolle in ihrem Leben spielen oder gar am Ende mit ihr gemeinsam Geschichte schreiben. Wenn, dann höchstens ein Kapitel. Oder vielleicht auch zwei?
Doch mit Büchern ist das so eine Sache. Wenn man einmal damit angefangen hat, sie zu schreiben, lassen sich manche Geschichten nicht so einfach beenden – schon gar nicht, wenn das Schicksal der Autor ist und längst seine Finger im Spiel hat.

Nur ein einziger Tag

Wenn sich ein Mensch verletzt, heilt irgendwo ein anderer.

Anni hat nur ein Ziel im Leben: todkranken Menschen ihren letzten Wunsch zu erfüllen und ihnen nur noch einen einzigen Tag voller Glück zu schenken. Dieses Ziel setzt sie zusammen mit ihrem Team vom Wünschewagen erfolgreich in die Tat um.

Sie selbst ist jedoch alles andere als glücklich. Denn nur ein einziger Tag hat vor vier Jahren alles in ihrem Leben für immer verändert. Ein Tag, der sie niemals mehr losgelassen hat, so schwer wiegen die Schatten der Vergangenheit und die Schuld auf ihr. Doch dann begegnet sie Jasper, ihrem neuen Nachbarn. Er weckt Gefühle in ihr, die sie seit Jahren nicht mehr empfunden hat.

Als auf ihrem Schreibtisch dann auch noch ein unerwarteter Herzenswunsch landet, bringt dieser Anni zurück an den Ort, dem sie eigentlich für immer den Rücken kehren wollte. Und mit einem Mal muss sie erkennen, dass nichts im Leben ohne Grund passiert. Denn wenn sich ein Mensch verletzt, heilt irgendwo ein anderer.

Unterm Weihnachtsbaum küsst sichs besser
Michelle Schrenk / Anna Winter

Stell dir vor, du wettest gegen Weihnachten …

Auf Jule Engel liegt ein Weihnachtsfluch. Davon ist sie jedenfalls überzeugt. Seit einem Vorfall in der Vergangenheit geht in ihrem Leben nämlich in der vermeintlich schönsten Zeit des Jahres immer alles schief.

Doch wie es das Schicksal will, trifft Jule ausgerechnet auf einer Weihnachtsfeier den smarten Lucian, der, als Weihnachtsmann verkleidet, genau all das verkörpert, was sie nicht ausstehen kann. Er wettet mit Jule, sie davon überzeugen zu können, dass Weihnachten die beste Zeit des Jahres sei. Jule ist siegessicher, denn gegen einen Fluch wie ihren ist selbst ein kostümierter Weihnachtmann machtlos. Aber da hat sie ihre Rechnung ohne die Liebe gemacht …

Printed in Germany
by Amazon Distribution
GmbH, Leipzig

31271611R00122